KB123683

로크미디어가
유혹하는
재미있는 세상

ROK
MEDIA
로크미디어

이것이 법이다

이것이 법이다 112

2021년 5월 4일 초판 1쇄 인쇄
2021년 5월 10일 초판 1쇄 발행

지은이 자카예프
발행인 김정수 강준규

기획 이기헌 왕소현 박경무 강민구
책임편집 최전경
마케팅지원 배진경 임혜솔 송지유 이영선

발행처 (주)로크미디어
출판등록 2003년 3월 24일
주소 서울시 마포구 성암로 330 DMC첨단산업센터 318호
Tel (02)3273-5135 **편집** 070-7863-8592 **Fax** (02)3273-5134
홈페이지 rokmedia.com **E-mail** rokmedia@empas.com

ⓒ 자카예프, 2015

값 8,000원

ISBN 979-11-354-8915-0 (112권)
ISBN 979-11-255-9575-5 04810 (세트)

이것이 법이다

112

자카예프 장편소설

ROK
MEDIA

로크미디어

CONTENTS

덕 중의 덕은 레임덕?

홍안수는 갑작스러운 보고에 귀를 의심했다.

"뭐라고? 일본계 자금에 대한 민간 압박?"

"그렇습니다. 애국머니라고 하는데…….''

홍안수를 대신해서 비밀리에 더러운 일을 정리하던 국정
원장은 진중한 표정으로 말했다.

"그 뒤에 노형진이 있다고 판단됩니다. 아니, 그 정도 자
금을 동원할 수 있는 건 노형진뿐입니다."

뿌드득.

홍안수의 입에서는 이가 갈려 나갔다.

노형진은 그를 여러 번 괴롭혔다.

그가 스파이인 걸 안 후에 여러 번 이용해 먹었고, 친정이

나 다름없는 자유신민당에 치명적인 타격을 준 상황이었다.

"그래서 그놈이 일본 자금을 쫓아내자고 하면서 자금을 뿌린다? 하!"

"이미 한번 경고하기는 했습니다만."

"쓸데없는 짓을 했군. 경고가 먹힐 놈이 아닌데."

홍안수의 말에 국정원장은 고개를 끄덕거렸다.

그가 이미 경고했음에도 불구하고 그들은 멈추지 않았다. 도리어 훨씬 빠른 속도로 대출 규모를 늘려 나갔다.

"특히 부사머니 쪽이 타격이 큽니다."

"이놈이 날 노린단 말이야?"

"그렇습니다."

"이익……."

부사머니는 홍안수에게 있어서는 노다지나 다름없다.

가만히 있어도 매년 수십억의 수익을 주는 곳이다.

비록 대통령이 되고 나서 직접적으로 나서지는 못하지만 그곳은 그의 기업이다.

"그 말은 노형진 그놈이 그게 내 거라는 걸 안다고 봐야 한다는 거군."

"그렇다고 보입니다."

"노형진이라……. 이놈이 왜……?"

그가 대통령이 된 후 꺼리고 불편해하기는 했지만 자신에 대해 직접적으로 공격한 적은 없었다.

사실 노형진은 그가 프락치 출신이라고 하지만 그래도 국민이 뽑은 대표였고, 이러니저러니 해도 회귀 전 대통령보다는 백배는 나을 거라 생각해서 가만둔 것뿐이다.

그러나 홍안수가 일본의 진짜 스파이라면 심각한 문제가 된다.

단순히 국가 기밀이 새어 나가는 정도가 아니라, 장기적으로 한국이 그들에게 또다시 정복될 가능성도 존재한다.

막말로 대통령이 된 홍안수가 군대를 줄이겠다고 하면 어쩌겠는가?

물론 한국의 군대가 비정상적으로 많은 건 사실이고 과도한 징집률도 사실이다.

하지만 그건 군대를 현대화하고 좋은 무기를 통해 전투 능력을 높이면서 줄여야지, 그냥 줄이겠다고 하면 심각한 문제가 될 수밖에 없다.

"어떻게…… 처리할까요?"

국정원장은 홍안수에게 조용히 물었다.

원한다면 아무리 노형진이라고 해도 죽이는 건 어렵지 않으니까.

물론 사고로 처리하는 것과 암살로 처리하는 것은 전혀 다르지만.

"그놈은 변호사이고 주변에 적이 많습니다. 암살로 처리하고 죄를 적당히 뒤집어씌울 수 있습니다."

"그러고 싶지만 그건 무리겠지. 일본이 당하는 거 모르나?"

"아……."

"노형진의 뒤에 누가 있는지 생각하라고."

노형진이 죽는다고 해도 마이스터가 있고 미다스가 있다. 눈앞의 노형진을 암살한다 해도 달라지는 건 없는 것이다.

"어차피 우리를 공격하는 건 멈추지 않을 테니까."

"그렇습니다."

"그나저나 이해가 가지 않는군. 물론 사이가 좋지 않은 건 사실이지만 그래도 데면데면한 정도였지 않나? 나를 이렇게 대놓고 공격할 줄은 몰랐는데."

"그게 저도……."

별 이유도 없이 무차별 공격을 퍼붓는 노형진의 행동이 국정원장도 이해가 가지 않았다.

기업처럼 이권이 충돌한 것도, 그렇다고 자신들이 정치자금을 요구한 것도 아니다.

"도통 알 수가 없군."

"어떻게 하시겠습니까?"

국정원장도 모르는 눈치인 듯하자 홍안수는 약한 불안감에 휩싸였다.

'설마 내가 일본의 스파이라는 걸 알아차린 건가?'

잠깐 고민하던 홍안수는 고개를 흔들었다.

그건 불가능하다.

그 이름을 관리하는 것은 일본의 극히 일부 지배자 계급뿐이니, 한국에서 그게 새어 나갈 이유는 없었다.

"그러면 어떻게 할까요?"

"일단 국세청장부터 들여보내."

"아, 거기부터 시작하시겠습니까?"

"그러도록 하지."

홍안수는 고개를 끄덕였다.

"죽기 싫으면 물러나게 해야지."

⚖

"와, 이거…… 여럿 죽겠는데요?"

고문학은 장부로 가득 차 있는 캐비닛을 바라보면서 말했다.

"정부에서 남을 족치는 건 여러 가지 방법이 있지요. 그중 하나가 바로 국세청입니다. 거의 대부분의 정부 압력의 포문을 국세청이 열지요."

노형진은 히죽 웃으며 말했다.

세무조사를 통해 기업을 망하게 하겠다, 그게 국세청의 방식이다.

실제로 그렇게 돈을 뜯어내는 국세청 직원들이 적지 않다.

하지만 그런 사람들이 다 쓸모가 없는 건 아니다.

"이런 건수는 확실히 쓸모가 있을 겁니다."

노형진이 모은 정보는 다름 아닌 한국 정치인들과 사업가들의 기밀이었다.

"국세청을 통해 분명 세무조사가 들어올 겁니다. 그건 확실하지요."

"그리고 그다음에 말을 듣지 않으면 검사가 움직일 테고요."

문제는 일반적으로는 그걸 막을 방법이 없다는 것이다.

"하지만 일반적인 문제가 아니지요, 이건."

노형진은 서류를 툭툭 치며 말했다.

"새론에 부탁해서 투자한 정치인들의 명단과 그 자금 내역이군요."

"맞습니다."

노형진은 그걸 미리 새론에다가 잔뜩 가져다 놨다.

"레임덕이라는 말이 괜히 생긴 게 아니죠."

지금 홍안수의 권력을 태양에 비교하자면 그의 권력은 정오의 태양과 같다.

한창 높은 곳에서 떠 있다.

"하지만 반대로 말하면 그의 권력은 이제 떨어질 일만 남았다는 겁니다."

대한민국의 대통령은 5년의 임기를 가진다.

그리고 지금은 절반을 넘어섰다.

"임기의 반이 지나면 권력 누수 현상이 벌어집니다."

보통 절반쯤 임기가 남으면 당연히 차기 후보들이 이름을 알리기 위해 움직이기 시작한다.

그리고 1년쯤 남으면 그때는 진짜 레임덕 그 자체라고 봐도 무방하다.

좋게 말해서 나갈 사람, 나쁘게 말하면 말년.

"그리고 대부분의 경우 대통령도 이 시기부터 비밀리에 정치인들의 비리를 캐내기 시작하지요."

이유는 간단하다.

안전을 위해서다. 내가 나가도 혼자서는 죽지 않겠다는 거다.

"물론 깨끗하게 물러나려고 하는 사람도 있지만 말입니다."

"하지만 그런 사람들의 말로는 좋지 못하겠죠."

다음 권력을 가진 사람이 보복하려고 하기 때문이다.

"자기가 잘못만 하지 않으면 된다? 그건 개소리입니다."

이쪽에 힘이 없으면 상대방은 이를 드러내기 마련이다.

권력의 속성은 간단하다.

죄가 없다? 그러면 만들어 내면 된다.

한국의 정치는 수십 년간 그렇게 굴러왔다.

"우리가 홍안수에게 레임덕을 제대로 선사할 때입니다."

노형진은 씩 웃으며 말했다.

얼마 후 진짜로 세무조사가 들어왔다.

그들은 새론에서 주요 서류를 싹 털었다.

물론 노형진이 예상 못 한 것도 아니니 진짜 중요한 서류는 다 빼돌려 둔 후다.

당연히 세금도 착실하게 냈고 세무적으로는 아무런 문제도 없을 것이다.

'하지만 죄를 만들어 내려고 하겠지.'

없는 죄를 만들어 내는 게 그들의 방식이니까.

그랬기에 노형진은 심각한 얼굴로 두 사람을 마주하고 있었다.

"대통령이 관련 서류들을 모조리 빼 갔습니다."

눈앞에 있는 두 사람.

새론을 통해 막대한 자금을 투자한 정치계의 사람들.

새론은 그들에게서 돈을 받아서 미다스에게 투자하게 해 줬고, 그 덕에 그들은 어마어마한 돈을 벌었다.

"그게 사실인가?"

그중 자유신민당의 5선 의원인 권종갑은 떨떠름한 표정이 되었다.

'그러겠지.'

5선 의원은 그다지 많지 않다.

특히 노형진과 싸우면서 다선 의원들이 갈려 나간 자유신민당에서 권종갑은 새론에 우호적인 얼마 되지 않는 사람이다. 그의 권력이면 대통령을 한번 노려 볼 만하기 때문이다.

'그리고 이들은 내가 대통령을 노리는 걸 모른다.'

그러니 이들 입장에서는 새론을 세무조사 할 이유가 없어 보인다. 딱 한 가지만 빼고는.

"아무래도 대통령이 여러분들의 약점을 잡으려고 하는 것 같습니다."

노형진의 말에 권종갑뿐 아니라 그와 나란히 앉아 있는 의원의 눈빛도 험악해졌다.

"이 인간이?"

"우리 약점을 잡겠다?"

"이제 슬슬 레임덕이 시작될 시점입니다. 그는 프락치 출신의 대통령이지요. 깨끗하다고는 말 못 하지 않겠습니까?"

"크험."

다들 헛기침만 했다.

노형진의 말대로 깨끗한 사람이라면 프락치 출신으로 대통령이 되지는 못한다.

"그도 퇴임 이후를 준비하겠지요. 애석하지만 대한민국에서 퇴임 이후에 멀쩡한 사람이 전혀 없지 않습니까?"

"끄응."

"더군다나 켕기는 게 많은 사람이라면 더더욱 그럴 테고요."

노형진은 그렇게 말하면서 옆에 앉은 사람을 바라보았다.

조상수. 그는 민주수호당의 5선 의원이다.

당연히 권종갑과 같은 처지이다.

'그리고 현 상황에서는 대통령을 노릴 수 있는 가장 확실한 대안이지.'

사실 현 대통령이 워낙 정치를 개판으로 하고 약점이 잡힌 일본과 미국에 굴욕 외교를 했기 때문에, 만일 대선을 치른다면 권종갑보다는 조상수가 훨씬 유리하다.

"나를 노린다 이 말이군."

"그럴 가능성이 높습니다. 아니라고 할지라도, 권 의원님도 불리한 상황 아닙니까?"

"끄응……."

권종갑은 분명 홍안수와 같은 자유신민당이다.

하지만 그는 계파가 다르다.

그리고 홍안수는 자기 계파만 챙기고 다른 사람들은 어떻게든 쫓아내려고 노력하는 작자였다.

"새론이 무언가 저지른 것 아닌가?"

그래도 그들은 혹시나 하는 눈빛으로 물었다.

정치 짬밥을 그냥 먹은 게 아니니까.

노형진은 고개를 가로저었다.

"물론 제가 홍안수 대통령과 사이가 좋지 않은 건 인정합니다. 하지만 그렇다고 해서 제가 그를 건드린 적은 없습니다. 아시지 않습니까? 대통령은 국가 그 자체입니다. 한창 권력이 살아 있는 대통령을 제가 미쳤다고 건드립니까?"

"하긴."

홍안수가 가진 기업에 대해 알지 못하는 그들의 입장에서는 노형진의 말을 믿을 수밖에 없었다.

"제가 봐서는 두 분뿐만 아니라 다른 사람들의 약점도 알고 싶은 것 같습니다. 이번에 가지고 간 건 두 분의 정보만이 아니니까요."

"역시 다음을 준비하는 건가?"

조상수는 어렵지 않게 추측할 수 있었다.

"분명 그럴 겁니다."

"홍안수……. 하긴, 켕기는 게 많은 놈이니 당연한 거겠지."

눈을 찡그리는 조상수.

권종갑은 불편한 표정이 되었다.

아무리 자기 계파가 보낸 건 아니라고 해도 홍안수가 프락치인 건 어쩔 수 없는 사실이니까.

"일단 이번에는 합당한 투자인 만큼 딱히 문제가 되지는 않을 겁니다. 다만……."

"무슨 뜻인지 알겠네."

한번 캐기 시작하면 분명 계속해서 다른 정보를 캘 것이다.

"그러고 보니……."

권종갑은 불편한 얼굴로 말했다.

"요 근래 국정원장과 자주 독대한다고 하던데."

'그거야 당연하지. 내가 족치고 있는데 피가 안 마르겠어?'

노형진은 고개를 끄덕거렸다.

"그래서 그러는데, 두 분도 홍안수의 힘을 빼 놔야 하지 않겠습니까?"

"그게 무슨 말인가?"

"사실은 홍안수와 관련된 정보가 있습니다."

"정보?"

두 사람은 고개를 갸웃했다.

"홍안수에 관한 정보라면 우리도 충분히 가지고 있네만."

"지금까지 알려졌던 것과는 비교도 못 할 정도의 정보입니다."

"그게 뭔가?"

솔깃해하는 그들을 보면서 노형진은 씩 웃었다.

'마음 같아서는 홍안수의 정체를 까발리고 싶지만…….'

그럴 수는 없다. 일단 스파이 관련 정보는 증명할 수단이 없고, 사채와 관련해서는 아직 까발리기가 이르다.

하지만 그렇다고 해서 홍안수를 공격할 방법이 없는 건 아니다.

'홍안수는 바보가 아니지.'

홍안수가 사채시장에서 벌어들이는 돈은 적지 않다.

노형진이 홍안수를 조사해서 알아낸 것은 그가 부사머니를 통해 한 해 평균 최소 300억, 많게는 500억 이상의 순수익을 남기고 있다는 것이었다.

문제는 그 수익의 상당수가 일본의 쩐주들에게 가고 있다는 것.

'홍안수에게 떨어지는 돈은 보통 1년에 50억 내외.'

일반인이 보기에는 충분한 돈이지만, 권력자들이 가지고 있는 욕심을 생각하면 터무니없이 작은 액수다.

당장 전임 대통령도 대통령이 끝난 후에 재산이 조 단위가 넘어갔다.

'결국 홍안수가 쓸 수 있는 방법은 많지 않지.'

뇌물로 받는 돈도 있겠지만, 그걸 늘릴 방법도 찾아야 한다.

그리고 한국에서 가장 확실하게 재산을 늘리는 방법은 바로 땅이다.

애초에 국회의원들이 미친 듯이 국토개발위에 가고 싶어 하는 이유가 뭔가?

국토개발위원회에서 그 땅에 관련된 정보를 얻을 수 있기 때문이다.

하물며 국회의원도 얻을 수 있는 정보인데 대통령이 얻지 못할까?

"홍안수가 차명으로 개발 예정지를 사고 있습니다."

"뭐라?"

눈을 크게 뜨는 두 사람. 그건 금시초문이었다.

"하지만 그 사람, 재산 변동이 없던데?"

"그건 두 분도 마찬가지입니다만."

"으음."

두 사람은 떨떠름한 표정이 되었다. 그 말이 맞으니까.

정치인들 중에서 재산의 증가 여부에 대해 다 말하는 사람은 없다.

"차명이라는 게 괜히 있는 게 아니니까요."

"그거 확실한 건가?"

"확실한 겁니다. 이미 확인해 봤습니다."

의심되는 지역을 확인해 보는 건 어렵지 않았다.

대통령은 개발 예정지를 서류를 보고 알았겠지만 노형진은 미래에서 보고 왔다.

당연히 그곳에 조사 팀을 보냈고, 명의가 겹치는 여러 명을 확인할 수 있었다.

그래서 그들에 대해 조사해 보니 그 정도의 땅을 살 수 있는 사람들이 아니었다.

이것이 법이다

"차명으로 산 땅은 주요 개발 예정지입니다. 홍안수는 그런 곳의 땅을 긁어모으고 있습니다."

"크흠……."

"홍안수 이거, 몹쓸 사람이구먼."

권종갑도 조상수도, 불편한 얼굴이 되었다.

물론 그가 조용히 물러나면 상관없다.

그가 땅 먹는 거? 그것도 상관없다.

하지만 그들의 입장에서는 자신의 정보를 긁어모으려고 한다는 게 불안할 수밖에 없다.

"그러니 이쪽에서 먼저 흔드는 게 어떨까요?"

"무슨 소리인가?"

"제가 관련 증거를 드리겠습니다. 그걸로 홍안수를 흔드십시오."

"차명으로 땅을 산 점을 가지고 말인가?"

"그렇습니다."

노형진의 말에 권종갑이 코웃음을 쳤다.

"홍안수가 바보인가, 그걸 인정하게? 절대로 인정할 리가 없지 않나!"

노형진은 고개를 끄덕거렸다.

홍안수가 바보도 아닌데 그걸 인정할 리가 없다.

그리고 바로 그게 노형진이 노리는 것이었다.

"같이 드시지요."

"뭐?"

움찔하는 두 사람.

"두 분뿐만이 아닙니다. 이번에 털린 분은 많습니다. 그분들이 뭉쳐서 같이 그 땅을 드시지요. 저도 좀 얻어먹고 말입니다."

"그게 무슨 말인가? 같이 먹자니?"

"홍안수는 당연히 그걸 부정할 수밖에 없습니다. 그러면 그 땅 주인은 누구일까요?"

"아하!"

당연히 홍안수가 부정한 이상 그 진짜 명의자가 땅 주인이 된다.

"그에게서 그 땅을 사는 겁니다."

"오호? 자세히 좀 이야기해 보게."

"그곳은 결국 재개발할 수밖에 없는 곳입니다."

대통령이 산 곳이니 무조건 재개발될 수밖에 없다.

아무리 홍안수가 땅을 빼앗겨서 빡친다고 해도, 국가에서 정한 재개발을 뒤집을 수는 없다.

아니, 땅을 빼앗는 순간 국회의원들이 달려들어서 어떻게든 재개발되게 할 것이다.

"그러니까 그 땅은 본인 거라는 걸 부정하게 하고 우리가 먹자?"

"네. 땅 주인들이 과연 팔지 않을까요? 어차피 홍안수는 그 땅을 못 찾습니다."

만일 인정하게 되면 대통령이 재개발 정보를 빼돌린 최악
의 부패가 되는 셈이고, 설사 인정하지 않아 그 땅을 명의자
가 판다 해도 법적으로 홍안수가 할 수 있는 일은 없다.

"우리는 그 땅을 산다고 해도 법적으로는 '선의의 제삼자'
입니다."

즉, 그 땅을 돌려줄 이유도 없다.

그리고 그는 퇴임 이후를 노리고 그곳을 산 게 분명하다.

"홍안수가 퇴임 이후에 무슨 힘이 있겠습니까?"

대통령은 단임제다.

물론 퇴임 후에도 어느 정도 정치적인 힘이 있을 수는 있
다.

단, 그건 어디까지나 정치인들이 홍안수와 척지지 않았을
때의 이야기다.

정치인들이 그와 거리를 두는 순간 그는 그저 예우받는 전
대통령일 뿐이다.

"그러니 다른 사람들하고 같이 그곳을 먹자 이건가?"

"그렇습니다."

"으음……."

권종갑과 조상수는 잠시 생각에 잠겼다.

'레임덕이라는 게 이런 거지.'

노형진은 홍안수에게 레임덕을 안겨 줄 것이다.

그리고 레임덕은 이권이 반하기 시작하면 생기기 마련이다.

"하지만 말일세, 우리에게는 그만한 돈이 없네."

홍안수가 산 땅은 엄청나다.

매년 50억이라고 하지만 홍안수가 받은 뇌물도 있고, 부사머니뿐만 아니라 부사가전도 있다. 결정적으로 부사연구소도 있다.

그곳에서 나오는 총수익을 다 합하면 1년에 100억은 훌쩍 넘는 돈이고, 뇌물까지 합하면 200억이 될 수도 있다.

그런데 홍안수의 공식적인 재산은 80억이다.

현금으로 빼돌린 돈도 적지 않겠지만 그걸로 산 땅도 적지 않을 것이다.

"아무리 우리가 뭉친다고 해도 그 돈이 충분할 것 같지 않은데."

조상수의 말에 노형진은 모른 척하면서 말했다.

"총알은 충분하지 않습니까?"

"총알? 무슨 총알 말인가?"

"아, 모르셨습니까, 홍안수가 가지고 간 자료가 뭔지?"

"음…… 그러고 보니 잘 모르겠구먼. 물론 투자금이 잘 돌아가고 있는 건 아네만."

"비트코인."

"뭐?"

노형진은 씩 웃었다.

충분한 떡밥이 던져졌다. 이제 이들을 흔들 시기다.

"미다스는 여러분들의 투자금 일부를 비트코인에 투자했습니다."

"비트코인?"

한창 오르고 있는 비트코인.

원래 역사에서는 지금쯤이면 200만 원쯤 되어야 한다.

하지만 지금 비트코인은 300만 원선이다.

물량이 달려서다.

비트코인은 무한대가 아니다. 일정 시기마다 채굴량이 확 줄어든다.

그런데 노형진이 일반 컴퓨터도 아니고 슈퍼컴퓨터로 채굴했으니 물량이 충분할 리가 없다.

물론 노형진은 그걸 다 말해 주지는 않는다.

애초에 비트코인에만 그들의 돈을 다 투자한 것도 아니다.

노형진은 이들의 투자금 한계를 5천만 원으로 설정했고, 그중 1천만 원만 비트코인에 투자했다.

그들을 이용할 정도로만 돈을 줄 생각이었으니까.

그리고 그걸 이제 찾을 시기였다.

물론 미래에 2,600만 원까지 오르는 걸 알면 눈깔이 뒤집 어지겠지만, 원래 가격을 생각하면 지금도 사기에 가깝다.

"그게 얼마나 한다고?"

"그걸 살 때 1코인당 대략 5만 원선이었습니다."

"그래? 많이 올랐나?"

"지금 300만 원입니다."

권종갑과 조상수는 순간 말문이 막혔다.

예순 배의 수익 상승.

"예순 배……라고?"

"그렇습니다. 미다스의 전설이 그냥 생긴 게 아닙니다."

"예순 배……."

멍해지는 두 사람.

조상수는 다급하게 물었다.

"그, 그러면 그…… 얼마나 투자했나?"

"1인당 1천만 원씩 하신 걸로 알고 있습니다."

"6억!"

입을 쩍 벌리는 두 사람.

사업을 한다 해도 예순 배 수익을 내는 것은 기적에 가깝다. 아니, 불가능하다.

"더…… 투자하지……."

아쉬움에 부들부들 떠는 권종갑.

하긴, 5천만 원을 다 투자했으면 30억일 테니 아쉬울 수밖에 없으리라.

"비트코인은 수량이 정해져 있습니다. 우리가 싹 쓸어 오면 거래 자체가 없어져서 쓰레기가 됩니다."

"아, 그런가?"

"네. 하여간 6억까지 늘었습니다."

"6억이라……."

서울이라면 좋은 아파트도 아닌 하급의 아파트 한 채 살 돈이다.

하지만 재개발이 예정되어 있는 곳이라면?

그리고 그게 알려지지 않은 곳이라면?

"가령 세종 근처의 공업단지 같은 곳은 현재 평당 40만 원 정도입니다."

그러면 1,500평 정도 살 수 있는 돈이라는 거다.

재개발이 시작되면 최소한 다섯 배는 뛸 것이다.

그러면 평당 300만 원은 할 테니 45억쯤 된다.

"45억…… 흐흐흐."

두 사람은 웃음을 참지 못했다.

마치 실성한 사람처럼 웃을 수밖에 없었다.

고작 1천만 원이 순식간에 45억이라는 어마어마한 돈으로 돌아오니까.

"크흠…… 흐흠……."

웃음을 참으려고 하는 권종갑.

"물론 이건 아주 깔끔한 돈입니다."

합법적인 투자로 벌어들인 돈이고, 털어 낸다고 해도 문제 될 게 없는 돈이다.

"그리고 그걸 합법적으로 산다고 하면 어떻겠습니까?"

"그렇군. 홍안수도 막을 수가 없겠어."

자기들이 자기 돈으로 땅을 산 거다.

홍안수는 차명으로 땅을 산 거니 권리를 주장할 수도 없다.

'물론 그건 오래가지 않겠지, 후후후.'

노형진은 안다, 그들이 이제 비트코인의 맛을 봤으니 거기에 미친 듯이 투자할 거라는 걸.

다만 저들은 노형진처럼 언제 떨어지는지 모른다.

그리고 그때가 되면 저들은 전 재산을 날리는 꼴이 될 것이다.

'뭐, 상관없지.'

중요한 건 지금 홍안수에게 한 방 먹이는 거다.

모든 권력은 국민에게서 나온다?

아니다. 모든 권력은 '돈'으로부터 나온다.

"사람은 충분합니다. 미다스 역시 이번 건에 관심이 많습니다."

"역시 미다스라고 해야 하나? 실패를 모르는군."

"실패할 수가 없지요."

권종갑과 조상수는 미소를 지었다.

그들에게 무려 45억이라는 돈이 생기는 일이다.

대통령? 어차피 이제 얼마 안 있으면 레임덕이다.

조금 빨리 불러온다고 해서 그들이 손해 볼 건 없다.

"잘 부탁하네."

그들의 말에 노형진은 씩 웃었다.

노형진은 의심스러운 땅 주인을 추적했다.

땅을 사기 위해서는 정확한 양을 알아야 하기 때문이다.

그리고 그 구체적인 수치를 들었을 때, 혀를 내두를 수밖에 없었다.

"전국에 대략 200만 평 이상입니다."

"미쳤군요."

개발하는 곳은 한 곳이 아니다.

당연히 여러 곳이었고, 그렇게 모은 땅이 무려 200만 평이다. 그것도 확실하게 확인된 것만.

"우리가 찾지 못한 땅까지 염두에 두면 300만 평 이상이라 생각합니다."

무태식은 피곤한 표정으로 눈을 감고는 지끈거리는 머리를 손으로 꾹꾹 누르며 말했다.

"그사이에 이렇게 많이 샀다는 건……."

"아무래도 홍안수의 개인 자산만은 아닌 것 같습니다."

'그렇겠지.'

노형진은 속으로 한숨을 쉬었다.

홍안수는 일본의 스파이다.

그렇다면 한국의 국부를 효율적으로 일본에 보낼 수 있는 방법이 뭐가 있을까?

'내가 왜 그 생각을 못 했지?'

스파이가 군사정보만 보내는 게 아니다.

현대에는 도리어 돈이 중요한 정보가 된다.

전국에서 개발되는 수많은 땅. 그곳에 들어가는 돈은 십수 년간 몇백 조는 될 것이다.

"일부는 대놓고 일본인 명의더군요."

"아마도 그건 정보를 얻은 일본인이 구입했을 가능성이 높 군요."

노형진의 말에 소파에 기대어 있던 무태식은 이해가 되지 않는 표정을 지었다.

"이해가 가지 않습니다. 대한민국의 대통령이 뭐가 아쉬 워서 일본에 정보를 넘긴 건지."

혀를 끌끌 차는 무태식.

하긴, 그는 홍안수가 일본의 정식 스파이라는 걸 모른다.

"돈이 문제겠지요. 아무리 홍안수라고 해도 수십만 평을 살 수는 없을 테니까."

200만 평이라고 하면 평당 40만 원이라고 해도 8천억이다.

홍안수가 아무리 대통령이라고 하지만 그 정도 돈을 몰래 동원할 수는 없다.

"만일 재개발된다고 하면 일본으로 못해도 5조 이상의 돈이 흘러갈 겁니다."

"후우."

노형진은 입맛을 다셨다.

말이 5조이지, 노형진이 대동과 싸우면서 깎은 자산이 5조가 안 된다.

나라가 망할 정도의 돈은 아니라고 하지만 한국의 경제가 휘청거릴 정도의 돈이다.

'그러니까 신도시가 망하지.'

더군다나 이렇게 개발된 신도시들이 성공하는 것도 아니다.

그렇게 돈이 빼돌려졌으니 제대로 인프라를 구축할 자금이 부족해지고, 인프라가 없으니 누가 거기에 들어오려고 하겠는가?

당장 직장이 있어야 사람들이 신도시에 간다.

하지만 직장은 모조리 서울에 몰려 있고 신도시라고 해도 서울까지는 두 시간씩 출퇴근 지옥을 겪어야 하니, 가려고 하는 사람은 없다.

결국 회사를 거기로 옮겨야 하는데, 현실적으로 멀쩡하게 있던 기업이 굳이 자리를 옮길 이유는 없다.

"일단 중요한 건 땅의 대부분이 차명이라는 겁니다."

"명의자의 신분은 확인해 봤습니까?"

"이미 확인해 봤습니다. 많으면 1만 평, 적으면 3천 평 정도 되더군요. 그리고 대부분은 존재하지만 존재하지 않는 사람이었습니다."

"존재하지만 존재하지 않는 사람이다?"

"죽거나 실종되거나⋯⋯."

"노숙자 같은 사람들이군요."

노형진은 대충 이해가 갔다.

노숙자들의 명의를 이용해서 땅을 사 두면 대부분의 경우 추적이 불가능하다.

"어떻게, 가능하십니까?"

노형진은 고개를 돌려서 고문학을 바라보았다.

법적인 내용을 알아보는 건 무태식의 영역이지만 그 관련자들을 찾아내는 것은 고문학의 영역이다.

"충분히요. 노숙자들을 찾는 거야 어려운 일이 아닙니다. 실종자라고 해도, 그 가족을 찾아서 협조를 요청하면 됩니다."

"도울까요?"

"하지 않을 리가 없죠."

갑자기 수십억의 돈이 생기는데 말이다.

"그런데 홍안수가 보복하지 않을까요?"

"그건 힘듭니다. 홍안수가 차라리 조폭이라면 가능하겠지요."

하지만 그는 대통령이다.

더군다나 이 문제로 국회와 대판 붙게 될 사람이다.

"만일 그와 관련해서 홍안수가 실소유자나 그 가족을 겁박하게 되면 국회의원들이 가만있지 않겠죠."

그럴 수밖에 없다. 그는 현직 대통령이다.

그런 그가 그들에게 수를 쓴다는 건, 그 땅을 산 국회의원에게도 뭔 짓을 할 가능성이 높다는 걸 의미한다.

"그리고 그렇게 땅을 판 사람들을 가능하면 한데 모여서 살게 할까 생각 중입니다."

"아, 지역 경호를 하실 생각이군요."

수십억에서 수백억의 돈이 생긴 사람들이다.

굳이 일할 필요도 없다.

그리고 대통령의 힘이 빠지는 몇 년만 지나면 그들은 안전해진다.

"만에 하나라도 대통령이 한 명이라도 죽이면 일이 커지는 거지요."

지역에 모여서 사는 사람들이 그걸 모를 리가 없다.

"돈이 있는 지역 주민들과 돈이 없는 지역 주민은 대우가 다르죠."

당연히 그들은 국회에 이야기할 테고, 국회는 홍안수에 대한 감시와 더불어 강력 수사를 요구할 것이다.

"홍안수는 미치겠군요."

"확실히요."

노형진은 씩 웃으며 말했다.

"그리고 덕분에 우리도 돈 좀 만지고요."

사실 노형진은 이번 일을 자기 돈으로 해야 하는 상황이라 탐탁지 않았다.

하지만 계획대로라면 들어가는 돈의 수십 배를 찾아올 수 있다.

"중요한 건 홍안수가 힘을 잃어버리는 겁니다. 아, 물론 일본도 좀 빡치겠지요."

만일 일본이 무차별적으로 개발 예정지를 산다고 하면 의심을 살 수밖에 없다.

따라서 그 의심스러운 땅의 대부분은 한국인 명의로 구입되었다. 아니면 기업 이름으로 말이다.

"그러니 우리가 좀 쇼핑할 시간일 것 같군요."

노형진은 씩 웃으며 말했다.

물고 물리고

노형진은 관련 자료를 권종갑과 조상수에게 넘겼다.

그렇잖아도 자신의 뒤를 캐고 다닌다는 의심에 홍안수에게 불만이 있던 두 사람은 그걸로 홍안수를 흔들기 시작했다.

당연하게도 포문은 조상수가 열었다. 애초에 조상수는 그에게 배신당한 민주수호당 소속이고 차기 대통령 후보 중 한 명이니까.

이 정보에 따르면 현 대통령이 막대한 재개발지를 차명으로 구입했다는 의혹이 있습니다. 대통령은 이 건에 대해 명확하게 답해야 합니다.

조상수가 포문을 열자 홍안수는 당황할 수밖에 없었다.

당연히 그는 자신을 밀어주는 자유신민당에 도움을 요청
했다.

그러자 자유신민당은 조심스러운 논평을 발표했다.

정확하게는, 권종갑을 비롯한 비파벌에서 선빵을 쳤다.

당연히 이건 정치적 모욕입니다. 홍안수 대통령이 불법적으로 얻
은 정보를 바탕으로 땅을 차명으로 구입했다는 것은 증거도 없는
모욕입니다. 민주수호당은 의미 없는 흑색선전을 그만두길 바랍
니다.

"이야, 이거 역시 정치꾼들이라니까요."

노형진은 권종갑의 논평을 보고 크게 웃을 수밖에 없었
다.

"왜요? 그는 홍안수를 도와주는 거잖아요?"

"도와주는 게 아니라 '멕이는' 겁니다. 그것도 아주 거하게
'멕이는' 거죠."

"네? 어째서요?"

"자유신민당에서 먼저 그건 헛소문이라고 했습니다. 그러
면 홍안수는 뭐라고 해야 할까요?"

당연히 부정해야 한다. 내 땅이 아니라고 말이다.

만일 여기서 내 땅이라고 해 버리면 일이 곤란하게 돌아간
다.

"그런 상황에서, 자유신민당이 기존에 아무 말도 하지 않았다면 홍안수를 공격하기도 애매해집니다."

아마도 은근슬쩍 홍안수를 도와주려고 할 것이다.

"하지만 이미 홍안수의 편을 들었지요. 그러면 그 땅의 소유주임을 인정하는 순간, 홍안수는 자유신민당의 지지자들을 속인 꼴이 되는 겁니다."

"아하! 그렇게 되겠네요. 그리고 자유신민당이 도와주기도 애매해지네요, 자기들을 속인 셈이니까?"

"그렇지요."

고연미의 말에 노형진은 고개를 끄덕거리면서 자리에서 일어났다.

"홍안수는 현 상황에서 이제 부정할 수밖에 없지요."

환장하고 미칠 노릇이겠지만 말이다.

"하지만 이런 경우에는 보통 부정하고 나중에 슬쩍 빼돌리지 않아요?"

"맞습니다. 전임 대통령도 그랬지요."

사기를 친 기업의 대표라는 직함이 찍혀 있는 명함이 있는데도 자기 것이 아니라고 딱 잡아뗐다.

당연하게도 퇴임한 후에는 다시 그곳을 손아귀에 넣었다.

"하지만 이번에는 그 전에 우리가 움직일 겁니다."

노형진은 씩 웃으면서 코트를 걸쳤다.

"이제 그 땅의 주인들에게 접촉해서 구입할 거니까요."

"진짜 바쁘기는 하겠네요."

고연미는 어마어마한 숫자의 명단을 보고 혀를 내둘렀다.

"그들이 진짜로 팔지 않으려고 하면 어쩌지요?"

"그러면 별수 없지요."

진짜 충성심이 강하거나 홍안수가 두려워서 팔지 않을 수도 있다.

"하지만 공짜로 수십억이 생기는데도 팔지 않겠다고 하는 사람이 얼마나 될까요?"

"그럴까요?"

"확실합니다. 더군다나 이런 차명 계좌는 사실 홍안수와 관련이 없는 사람의 이름을 쓰거든요."

"네?"

"수사할 때 어디부터 털겠습니까?"

당연히 가장 가까이에 있는 사람부터 털 것이다. 친구나 친지, 가족 등등.

그래서 차명으로 뭔가를 감출 때 가장 중요한 것은 그 차명의 대상자와 실질적 주인의 접점이 없어야 한다는 것이다.

그렇지 않으면 까딱 잘못하면 걸리니까.

"아마 이 명의자 대부분은 자기가 차명으로 걸렸다는 것 자체도 모를 겁니다."

"그래요?"

"명의 도용하는 건 어렵지 않으니까요."

당연히 그들에게 갑자기 수십억의 땅이 생겼다고 그걸 팔
라고 하면 대부분 계약서에 서명할 것이다.

"그러니 그 부분은 걱정하지 않으셔도 됩니다. 몇몇이 안
판다고 해도 어차피 우리가 살 땅은 넘쳐 납니다. 땅이 없어
서 못 사는 게 아니라 돈이 없어서 못 사겠죠."

고연미는 고개를 끄덕거렸다.

"그런데 노 변호사님은 우리랑 같이 안 움직이시나요?"

"아, 저는 좀 큰 건을 하려고요."

"큰 건요?"

"네."

노형진은 문 바깥으로 나가면서 씩 웃었다.

"인생은 큰 거 한 방이지 않습니까, 후후후."

⚖️

한국인 명의의 계좌를 신분을 확인해서 구입하는 것은 노
형진 말고 다른 사람들이라도 충분히 할 수 있는 일이다.

하지만 노형진은 그것만 노리는 게 아니었다.

'내가 미쳤다고 일본에 돈을 퍼 줘?'

노형진이 노리는 건 다름 아닌 산들부동산이라는 부동산
업체였다.

'일본에서 자금을 받아서 땅을 산 업체.'

거의 대부분이 그 기업에 속해 있다.

그리고 그 기업의 사장은 한국인이다.

'당연히 매국노일 테고.'

노형진은 그를 노릴 생각이었다. 돈을 벌어야 하니까.

산들부동산의 사장은 주오혁이라는 남자였다.

쥐새끼처럼 생긴 남자의 얼굴은 그가 기회주의자라는 걸 여지없이 보여 주고 있었다.

'나이 사십을 먹으면 남자는 얼굴에 책임져야 한다더니, 이 정도로 '나는 기회주의자입니다.'라고 써 붙여 놓은 것 같은 얼굴은 또 처음이네.'

노형진은 주오혁을 보면서 미소 지었다.

"기업을 사고 싶습니다만."

"저희 회사를요?"

"그렇습니다. 가능하면 통째로 인수하고 싶습니다만."

"저는 회사를 판매할 생각이 없습니다."

주오혁은 고개를 흔들었다.

하긴, 이 얼마나 평화로운 자리인가.

명의만 올려 두고 아무것도 하지 않아도 된다.

직원이라고는 여직원 한 명뿐이고, 그녀의 복장이나 화장 그리고 태도를 보면 그녀가 담당하는 일이 어떤 일인지 아는 건 어렵지 않았다.

'하긴, 뭐 할 일이 있어야 말이지.'

그저 땅을 쥐고 있다가 재개발할 때 돈만 챙기면 되는 것 아닌가?

"가치는 충분히 인정해 드리겠습니다. 원하시면 추가 비용도 더 드리지요."

"아니, 저는 별로 팔고 싶은 생각이 없어서요."

노형진이 찾아와서 회사를 팔라고 하자 떨떠름한 표정이 되는 주오혁.

'흠…… 역시 돌려서는 안 되나?'

사실 주오혁은 결국 바지 사장일 수밖에 없다.

팔기 싫은 게 아니라, 팔고 싶어도 못 판다는 게 맞는 말일 것이다.

하지만 노형진은 그걸 알기에 찾아온 것이다.

중요한 건 사실 회사의 명의가 아니다.

중요한 것은 그가 회사의 대표라는 거다.

'매국노는 기회주의자이자 이기주의자일 수밖에 없지.'

애초에 남을 배려할 줄 알고 욕심이 없는 사람이라면 매국 행위를 하지 않는다.

자기 욕심이 중요하고 자신의 이득을 위해서라면 뭐든 하기에 매국 행위도 서슴없이 하는 것이다.

그래서 노형진이 써먹기에 그가 딱 좋았다.

"글쎄요. 한 500억 정도면 남는 장사 아닐까요?"

"안 판다니까요."

"그래요? 재개발해도 500억은 안 남을 텐데요?"

노형진의 말에 주오혁이 눈을 찌푸렸다.

"무슨 소리입니까?"

"이 회사, 친일파 회사 아닙니까. 일본에서 자금을 투자해서 만든 일본계 기업으로, 대한민국의 재개발 지역에 땅을 알박기 해 둔. 그렇지 않나요?"

"누가 그래요?"

주오혁은 살짝 눈빛이 떨렸지만 마치 아무것도 아닌 것처럼 모른 척했다.

"이미 알고 있습니다. 오늘 뉴스 못 보셨나 본데……."

노형진은 오면서 신문을 흔들었다.

"홍안수 대통령의 땅이 걸렸습니다. 제가 모를 것 같나요?"

"아니, 홍안수는 홍안수고……."

"그래요? 그러면 여기 주인이 일본인이 아니라는 거지요?"

노형진은 자리에서 일어났다. 그리고 핸드폰을 꺼내 들었다.

"그러면 기자를 불러서 제대로 한번 파 보죠. 어디까지 나오나. 그나저나 홍안수가 당신을 살려 두려나 모르겠네요.

아, 홍안수가 마티즈를 좋아한다죠?"

주오혁의 얼굴이 순간 창백하게 변했다.

그렇잖아도 홍안수 주변에서 정체 모를 죽음이 계속 터진다는 건 알음알음 알려진 사실이다.

"홍안수에 대해 모르지는 않으실 텐데요? 같은 친일파시잖아요."

"아니라니까요."

노형진은 고개를 끄덕거렸다. 그리고 그에게 핵폭탄을 던졌다.

"하나 더 알려 드릴까요?"

"뭘 말입니까?"

"홍안수는 일본 정보부에 이름까지 올라 있는 정식 일본 스파이입니다."

주오혁의 얼굴이 시커먼 색으로 변했다.

친일파인 것과 스파이는 전혀 다르니까.

"어디 보자, 모르신다고 했지요? 그건 조사해 보면 나올 테고, 스파이와 결탁해서 한국의 부를 빼돌리려고 한 행동이라……. 이건 반역인데. 반역이 최대 사형이었지요, 아마? 국정원에 전화해야 하나? 아, 군부대에 전화해야 하나?"

"자, 잠깐! 그게 무슨 말입니까?"

"아, 모른 척하세요. 저는 상관없으니까, '반역자 나리'."

노형진이 어디론가 바로 전화를 하려고 하자 주오혁은 다급하게 그를 막았다.

"이……야기 좀 하시죠."

"할 거 없습니다. 물론 매국노니까 국민들이 뭐라고 하든 관심은 없을 거라는 건 알지만 말이지요, 일본과 홍안수가 어떻게 할지가 관건이네요."

"그러지 마시고……."

매국노들은 한국의 국민들에 대해서는 관심이 없다.

그들은 오로지 자기 이득과 일본의 이득에만 관심이 있다.

그러니 그들은 돈을 받고 매국 행위를 하고, 그 과정에서 국민들이 뭔 짓을 하든 신경도 쓰지 않는다.

'국민들은 보복하지 않으니까.'

욕은 할지언정 때리지도 않고 납치하지도 않는다.

그러니 친일파가 당당하게 활동할 수 있는 거다.

'하지만 정작 모시고 있는 일본과 홍안수는 다르지.'

그들은 위험한 정보를 감추기 위해 살인도 불사한다.

"안녕히 죽으세요."

노형진이 인사하면서 바깥으로 나가려 하자 주오혁은 입구를 막았다.

"이, 이야기 좀 합시다. 아까 뭐라고 했지요?"

"할 이야기 없습니다. 시간도 별로 없는데 유언장이나 써 두시죠."

"……."

그는 홍안수가 국가 기밀을 일본에 빼돌렸다는 가장 확실한 증거다.

땅의 재개발 정보를 빼돌린 홍안수가 과연 일본에 군사정보나 대한민국의 1급 기밀을 넘기지 않았을까?

당연히 그가 걸린 걸 알고도 홍안수가 그를 살려 둘 리는 없다.

"저는 개인적으로 친일파를 싫어해요. 아니, 매국노라는 표현이 맞겠네요. 하물며 내게 도움이 안 되는 매국노라면 살려 둘 이유는 없지요."

노형진의 차가운 말.

주오혁은 침을 꿀꺽 삼켰다.

"조, 조건이라도 들어 봅시다."

위협이 되는 게 노형진이 아니라 홍안수라는 걸 인식한 주오혁은 결국 조건을 물을 수밖에 없었다.

'이런 인간은 일단 채찍질한 후에 사탕을 던져야 한단 말이지.'

노형진은 자리에 앉았다.

"간단합니다. 500억, 그 돈을 줄 테니 회사를 넘기시죠."

"그걸 말이라고!"

회사 명의로 가진 땅이 500억이 넘는다.

그런데 그걸 500억에 팔라고?

"그래서요? 그걸 다 팔면? 당신한테는 50억이라도 남나요?"

"그건…….."

"기껏해야 3억 정도 남겠지요. 그렇지 않나요?"

"하아."

지금이야 놀고먹고 아무것도 하지 않아도 월급이 따박따박 나오니 여기서 사장 노릇을 하고 있지만, 현실적으로 여기서 퇴직하면 할 것도 없다.

"도대체 정보를 홍안수 대통령에게서 얻은 건 어떻게 아십니까?"

"뉴스 못 보십니까? 핸드폰이 폼인가요? 하루 종일 시끄러웠습니다만."

"끄응."

그 말에 주오혁은 입을 다물었다.

그렇잖아도 불안해서 하루 종일 그 뉴스만 보고 있었으니까.

"이미 제보가 들어왔습니다. 이곳에 대한 압수수색이 곧 진행될 겁니다."

주오혁은 침을 꿀꺽 삼켰다.

물론 제보한 것은 노형진이다.

'안 떨릴 수가 없겠지.'

물론 죽지 않을 수도 있다.

하지만 그는 대통령의 국가 기밀 누출의 가장 강력한 증인이다.

'그건 몰랐던 모양이지만.'

그는 그저 자신이 일본을 대신한 바지 사장이라고 생각한 모양이지만, 현실적으로 그의 증언은 너무나 중요했다.

"그러면…… 저는 어떻게 해야 합니까?"

"저에게 회사를 넘기십시오."

노형진은 미리 준비한 계약서를 꺼냈다.

"그러면 바로 미국으로 도피시켜 드리지요."

"도, 도피요?"

"그렇습니다. 지금 바로 미국으로 가실 수 있습니다. 500 억이면 충분히 먹고사실 수 있을 텐데요."

"그건…… 그런데……."

"아니면 홍안수에 대해 증언해 주십시오. 그가 국가 기밀을 일본에 건넸다는 증언을 해 주시면 어떻게든 보호해 드리겠습니다."

어느 쪽이든 노형진은 손해 보는 게 없다.

전자라면 헐값에 막대한 땅을 사는 거고, 후자라면 홍안수에 대한 탄핵 이야기가 안 나올 수가 없다.

"미, 미국 어디로 갑니까?"

'아, 아깝네.'

한 방에 홍안수를 보낼 수 있을까 했는데 애석하게도 그건 불가능한 것 같았다.

"원하시면 어디로든 가실 수 있습니다. 계좌는 해외 계좌입니다."

"그건……."

"단, 기업을 넘겼다는 이야기는 누구에게도 해서는 안 됩니다."

"아, 으……."

주오혁은 머리를 부여잡았다.

모른 척하자니 하루 종일 땅 이야기가 계속 나오고 있었다.

민주수호당에서는 전국을 뒤져서라도 감춰진 땅을 찾겠노라고 공언했다.

"그리고 홍안수는 자신에게 감춰진 땅은 없다고 공언했지요. 그런데 갑자기 몇백만 평의 땅이 일본계 기업의 자금으로 구입되었다? 무슨 일이 벌어질지 뻔하지 않습니까?"

노형진은 소파에 기대어서 히죽 웃었다.

"하지만…… 그게 쉽지는 않을 겁니다, 저희는 주식회사라."

주식회사란 뭔가를 하려면 주주의 동의를 얻어야 한다.

"그리고 그 주주들은 대부분 일본인과 검은 머리 외국인이지요? 그렇지 않나요?"

"그렇습니다. 그래서 제가 마음대로 팔지 못하는 겁니다."

"물론 그건 일반적인 경우고요."

"일반적인 경우?"

"당신이 범죄를 저지르고 도망가면 상황이 좀 달라지지요."

주오혁은 침을 꿀꺽 삼켰다.

"제가 어떻게 하면 됩니까?"

주오혁은 노형진의 말대로 범죄를 저질렀다.

정확하게는 주주 회의 기록을 조작해 냈다.

물론 불법이다.

하지만 노형진은 신경 쓰지 않았다. 어차피 저쪽도 불법이니까.

'그리고 명의를 옮기는 건 귀찮은 일이지.'

만일 노형진이 땅을 산다고 하면 일단 여러모로 복잡해진다.

땅이 한두 군데도 아니고 일일이 명의를 옮기다 보면 일본의 투자자들이 알게 될 가능성도 높다.

하지만 회사는 다르다.

불법이기는 하지만 회의록까지 조작해서 회사의 명의를 넘기는 걸 결정했고, 그 후에 사장은 그에 따라 회사의 명의를 넘겼다.

'당분간은 조용할 거야.'

이런 경우에 대부분 신경 쓰는 건 땅이지 회사의 명의가 아니다.

실제로 명의를 주오혁에서 제삼자로 바꿨지만 어떠한 반응도 없었다.

땅의 명의가 그대로 회사 이름이니 문제없다고 판단한 것이다.

'하지만 회사의 명의가 바뀌면 상황은 달라진다.'

노형진은 회사의 명의를 넘기고, 그 후에 다시 다른 기업에 회사를 넘길 것이다.

그리고 몇 달 뒤에 다시 명의를 넘길 것이다.

그렇게 몇 번 돌리고 나면 최초의 사장과는 아무런 관련이 없게 된다.

물론 회의록 조작이 불법이기는 하다.

'하지만 선의의 제삼자의 조항이 있지.'

선의의 제삼자 조항. 누군가 그럴 자격이 있는 사람으로 활동하고 그에 속아서 뭔가를 취득하거나 거래하면 그 거래는 합법으로 보호된다.

그게 현대 상업의 기본이다.

가령 부인이 남편 명의의 집을 몰래 판 경우, 부부로서 경제 공동체로 인정되고 그걸 구입한 사람에게 특별한 귀책사유가 없다면 선의의 제삼자로서 그 집의 구입은 합법이 된다.

'이 경우는 사장이니까.'

사장은 회의록을 조작했고, 그가 제출한 회의록에 따라 회사의 명의는 제삼의 다른 사람에게 넘어갔다.

그리고 몇 달 있다가 그 회사는 그 땅을 다른 명의로 넘길 것이다.

'그렇게 회사는 멀쩡하지만 땅은 몇 바퀴를 돌게 될 거야.'

그러면 상황이 달라진다.

그 이후에 최종적으로 구입하는 사람은 철저하게 선의의 제삼자가 된다.

법적으로 그 땅을 돌려주거나 그 땅의 가격을 추가로 제공할 이유가 없다.

'그게 바로 내가 될 테고.'

당연히 중간에 거래한 기업들은 모조리 날아갈 것이다.

즉, 상대방이 소송한다고 해도 이미 날아간 기업에 소송할 수는 없다.

물론 그 책임을 최초의 책임자, 즉 사기꾼인 주오혁에게 물을 수도 있다.

아니, 물으려 할 것이다.

'물론 그를 찾을 수 있다면 말이지.'

노형진은 그를 미국으로 도피시킬 예정이다.

이미 CIA와 이야기가 되어 있으며 그들은 주오혁에게 새로운 이름과 직업을 줄 것이다.

사기 피해자들은 억울하겠지만, 현실적으로 CIA가 은닉시킨 자를 찾는 것은 불가능하다.

더군다나 주오혁은 자신의 안전을 위해 CIA에 100억을 기탁하겠다고 했다.

물론 그가 안전하다는 가정하에 1년에 10억씩이지만, 그렇잖아도 공작비를 벌려고 하는 CIA의 입장에서는 막대한 이득인 셈이다.

"이제 명의만 돌리면 되는군."

물론 그때까지는 회사는 살아 있을 것이다.

다만 그 이후에는 중간의 모든 회사가 사라질 테고, 일본은 자기들이 투하한 돈을 찾아갈 방법이 없게 될 것이다.

"남의 나라 재산을 날로 먹으려고 했겠지만 쉽지 않을 거야."

노형진은 히죽 웃었다.

일단 땅을 구한 것은 나쁘지 않다.

시가보다 훨씬 싸게 구입했다.

회사 자체가 거래되다 보니 이제 일본이 뭐라고 할 수는 없을 것이다.

"당분간은 홍안수도 땅의 거래 내역은 알지 못할 테고."

땅을 판 실명의자가 홍안수에게 이야기하거나 홍안수가 땅의 명의자에 대해 등기부 등본을 떼어 보기 전에는 땅의 명의가 바뀌는 걸 알 방법은 없다.

그건 회사도 마찬가지다.

홍안수는 순식간에 거의 전 재산을 날린 셈이다.

실제로 대법원의 판례는 확고하다.

만일 차명으로 뭔가를 했다면, 이후 명의 소유자의 거래는 정상 거래이며 그걸 취소할 방법은 없다고.

"자, 그러면 남은 건 이제 부사머니군."

노형진은 속으로 키득거렸다.

⚖

무서울 정도로 줄어드는 부사머니의 대출 내역 때문에 홍안수는 머리가 지끈거렸다.

"올해는 영업이익이 마이너스 확정입니다."

"이게 말이나 되느냐고."

가뜩이나 자신의 땅을 가지고 태클을 거는 정치인들 때문에 머리 아파 죽겠는데 이제는 부사머니까지 마이너스란다.

"도대체 그 정보가 어디서 샌 거야?"

"이것도 노형진 쪽인 것 같습니다."

"이런 개 같은……."

홍안수는 눈을 찌푸렸다.

그가 그렇게 노력해서 이룩한 모든 것을 노형진이 날려 버리는 느낌이었다.

"당분간은 조용히 있는 수밖에 없을 것 같습니다, 각하."

"새론에서 털어 온 건?"

"그게…… 별게 없습니다. 예상하고 다 정리한 것 같습니다."

"검찰이나 경찰은 동원 못 해?"

"쉽지 않습니다."

만일 그냥 일반적인 상황이라면 어렵지 않은 일이다.

하지만 지금은 홍안수를 바라보는 사람들이 너무 많다.

특히나 정치인들은 눈에 불을 켜고 바라보고 있다.

그 땅 문제로 인해 자유신민당과 민주수호당은 소 새끼 개 새끼를 찾는 판국이다.

차라리 조용히 무마했으면 모르겠는데, 이렇게 양쪽 당에서 언성을 높이기 시작하자 국민들의 관심이 땅 쪽으로 쏠려서 아무것도 할 수가 없었다.

"할 수 없지. 부사 쪽 사장한테 이야기해서 당분간은 영업을 못 하니까 애들 좀 정리하라고 하고."

홍안수는 당분간은 긴축 경영으로 넘어가기 위해 머리를 썼다.

좀 잠잠해지면 애국머니인지 한국머니인지를 날려 버릴 생각이었다.

"그게…… 좋은 생각은 아닌 것 같습니다."

"무슨 소리야? 좋은 생각이 아니라니?"

"노형진이 일본으로 갔다고 합니다."

"뭐?"

홍안수는 등골이 오싹했다.

"그게 무슨 소리야?"

"그놈이 일본으로 갔는데, 무슨 짓을 하려는 건지 알 수가 없습니다."

"미친!"

홍안수의 얼굴이 와락 일그러졌다.

하지만 지금 이 상황에서는 아무것도 못 한다는 걸 누구보다 더 잘 알기에 그는 속에서 치밀어 오르는 분노를 삼킬 수밖에 없었다.

⚖️

"일본의 자금을 뺀다는 게 무슨 말이지요?"

"말 그대로입니다. 부사머니는 일본계 자금으로 굴러가는 회사입니다."

정확하게 말하면 부사머니의 실소유주는 홍안수다. 다만 조세회피지를 통해 자신을 감출 뿐이다.

"하지만 일본에서 직접 투입된 돈은 조세회피지를 통해 들어온 게 아니지요."

직접적으로 부사머니에 들어간 상황이다.

일종의 투자 개념인 셈이다.

"그 말은, 그 돈을 뺀다면 부사머니는 돈 장난을 못 한다는 거지요."

"그게 가능하겠어요?"

고연미는 고개를 갸웃했다.

"가능합니다. 다른 사람이라면 모르지만 저는 가능하지요."

"하지만 투자자들은 이미 그것에 대해 알고 있지 않을까요?"

"아직 모를 겁니다."

노형진은 고개를 흔들었다.

"금융회사는 어지간하면 그 내부를 알려 주지 않습니다."

기본적으로 모든 사업에 관련된 정보는 주주 회의 등을 통해 알려 주게 되어 있다.

그런데 부사머니는 주식회사가 아니라 금융회사다.

당연히 투자자들이 요구하기 전에는 관련 정보를 알려 주지 않는다.

"더군다나 지금 부사머니가 공격받는다는 걸 알려 주면 투자자들이 어떻게 생각하겠습니까?"

"하긴, 대부분은 자금을 빼려고 하겠네요."

만일 단기간의 손해라면 그냥 버티는 사람도 있을 것이다.

"하지만 미다스와의 적대적 전쟁이라는 사실이 알려지면

상황은 달라지지요."

"아! 그래서 이번에 미스터 노가 자신을 감추지 않은 거군요."

애국머니를 만들 때 노형진은 자신에 대해 감추려고 하지 않았다.

사실 노형진이 감추려고 하면 못 감출 건 없다.

그런 쪽에 관한 전문가가 이쪽에는 수백 명이 있으니까.

"맞습니다. 감추려고 들면 못 감출 건 없지요. 하지만 이번 계획의 핵심은 부사머니가 미다스와 전쟁 중이라는 거니까요."

그리고 거대 기업도 아닌 작은 사채 회사가 미다스와 싸워서 이길 수 있는 방법은 없다.

"아마 홍안수는 입이 바짝바짝 마를 겁니다."

노형진은 피식 웃으며 말했다.

매년 50억이 넘는 돈을 벌어 주던 곳이 한순간에 날아가게 생겼으니까.

"아마 미칠 지경이겠지요. 그러고 보니 부사머니가 왜 부사머니인지 아세요?"

"네? 글쎄요. 저는 잘⋯⋯."

홍안수라는 표적에 대해서만 생각했지 부사머니의 이름에 대해서는 생각해 본 적이 없기 때문에 노형진은 고개를 갸웃했다.

"저도 궁금해서 찾아봤거든요. 요즘 같은 시대에 부사머니라니, 촌스럽잖아요. 요즘은 캐시앤캐시나 루디코프 같은 영어 이름이 대세인데."

"그렇지요."

"그런데 후지산을 그대로 독음하면 부사가 되더라고요."

"네?"

노형진은 어안이 벙벙했다.

생각해 보면 지형지물 등 명사는 그대로 읽는 게 보통이지 그걸 바로 독음하려고 하지는 않는다.

"그러니까 후지산의 후지富士가 한자로는 부사라는 말입니까?"

"네, 맞아요. 참 친일파스러운 이름 아니에요?"

노형진은 씁쓸하게 웃을 수밖에 없었다.

말 그대로 친일파에게는 너무나 어울리는 이름이었으니까.

⚖

"그게 무슨 말입니까, 미다스와 부사머니가 전쟁 중이라니!"

일본 현금계의 큰손인 칸자키는 침을 꿀꺽 삼켰다.

"말 그대로입니다. 미다스는 부사머니에 선전포고하셨습

니다. 현재 부사머니의 대출 대부분이 미다스가 만든 애국머니로 대환되고 있고, 그 때문에 부사머니는 적지 않은 피해를 입고 있습니다."

"그, 그런 이야기는……."

"투자자들에게 그런 문제를 보고할 만큼 부사머니가 친절한 기업은 아니죠."

칸자키는 속으로 고개를 끄덕거렸다.

그건 사실이니까.

'그리고 대부분 이쪽에 투자하는 사람들은 그런 것에 그다지 관심이 없지.'

만일 주식회사에 투자한다면 그 돈을 어떻게 쓰는지, 그리고 그 회사의 상황이 어떤지 계속 감시하게 된다.

하지만 이런 사채 회사들은 어지간하면 망하는 일이 없고 수익률도 높기 때문에, 사채 회사에 투자한 사람들 중에는 그다지 신경 쓰지도 않으면서 돈을 벌고 싶어 하는 이들이 많다.

"미다스는 부사머니를 제거하기로 마음먹었습니다. 현 상황에서 부사머니가 살아남을 가능성은 없다고 봐도 무방합니다."

"으음……."

다른 사람도 아닌 미다스가 공격한다는 말에 칸자키뿐만 아니라 투자자들 대부분은 심각한 표정이 되었다.

"그러면 우리가 그곳에서 돈을 빼기를 원하시는 겁니까?"

"전쟁 중이니까요. 어차피 여러분에게는 그게 좋은 거 아닙니까? 설마 부사머니가 미다스를 이기고 채권시장을 꽉 잡을 수 있다고 생각하십니까?"

다들 고개를 흔들었다.

그건 당장 한국이 미국의 경제력을 꺾는 것보다도 불가능한 말이니까.

"제가 여기에 온 이유는 두 가지입니다. 여러분들이 자금을 빼도록 하여 부사머니에 대미지를 주기 위해서, 그리고 여러분들에게 기회를 드리기 위해서입니다."

'그리고 한국에서 친일 자금을 빼기 위해서지.'

노형진은 일본 자금을 믿지 않는다.

그들은 기회가 되면 한국에서 자산을 빼 가기 위해 노력한다.

'그리고 이 중에는 부사머니에 투자만 한 게 아니라 땅을 산 놈도 있겠지만…….'

하지만 그들은 모를 것이다.

이미 기업은 땅을 빼돌렸고 조금 있으면 저들 몰래 폐업할 거라는 걸 말이다.

"알겠습니다."

그들은 바보가 아니다.

그들 자신들이 망할 수도 있는데 그 돈을 가만둘 리가 없다.

당연히 부사머니에서 돈을 빼겠다고 확답을 줬다.

"그런데 투자받으실 생각은 없습니까?"

그들의 눈에서 광기가 번들거린다.

하긴, 한국에서 수십 년간 그렇게 꿀을 빨았으니 한국이라는 시장을 놓치고 싶은 생각은 없을 것이다.

하지만 노형진은 그들에게 투자받을 생각이 없었다.

"투자요? 여러분 중에서 미다스보다 돈이 많은 분 있으십니까?"

"……."

"돈이 썩어 나는데 무슨 투자입니까?"

"크흠……."

괜히 자존심이 상한 듯한 얼굴이 되는 몇몇 사람들.

하지만 그들도 부정하지 못하는 게 바로 미다스의 자금력이다.

만일 미다스가 자금을 제대로 풀기 시작하면 자신들 정도는 순식간에 쓸려 나가니까.

"저희는 투자받을 생각이 없습니다."

"알겠습니다."

"아, 그리고."

노형진은 씩 웃었다.

"혹시나 해서 하는 말인데, 버티신다고 하면 자신과 적대하는 걸로 보겠다고 미다스께서 말씀하시더군요."

다들 얼굴이 핼쑥해졌다.

그 말은 공격 대상이 부사머니가 아니라 자신들이 될 수도 있다는 뜻이니까.

"절대 그럴 생각이 없습니다, 저희는."

칸자키의 말에 노형진은 고개를 끄덕거렸다.

"그러기를 바랍니다."

"뭐, 뭐야?"

갑자기 일본 자금이 훅 빠지기 시작했다.

한두 푼도 아닌 조 단위로 자금이 빠져나간다는 사실을 보고받은 홍안수는 당혹감을 감출 수가 없었다.

"이게 무슨 소리야? 일본 자금이 왜 빠져?"

"부사머니가 미다스와 전쟁 중이라는 소문이 파다하게 났습니다."

"뭐?"

"일본 쪽에서 그 소문으로 인해 너도나도 자금을 빼기 시작했습니다."

"빌어먹을! 노형진 이 개새끼가!"

홍안수는 길길이 날뛰었다.

하지만 어떻게 할 수가 없었다.

당장 노형진은 미다스와 마이스터의 아시아 대리인이다.

그가 나섰다는 것 자체가 그들과 전쟁 중이라는 가장 확실한 증거다.

"도대체 왜! 단순히 겁을 줘서?"

하지만 겁주려고 한 행동은 도리어 그의 약점이 되었고, 사방에 그걸 물어뜯을 기회를 주었다.

그가 감추고 싶어 하던 가장 추악한 부분 중 한 부분이 까발려졌고 그 때문에 머리가 아파서 죽을 지경이었다.

"그리고 토지 문제에 대해 말입니다."

"토지? 그게 뭐?"

"심각한 문제가 생겼습니다."

"심각한 문제라니?"

"각하께서 소유를 부정한 토지의 명의자가 바뀌고 있습니다."

"뭐라고!"

듣고 있던 홍안수는 자리에서 벌떡 일어났다.

이건 진짜 생각도 못 한 문제였다.

"어떤 개새끼야! 거긴 내 땅이야! 그런데 어떤 씨발 새끼들이 거기를 사고 있는 거야!"

자신의 안락한 노후를 위해 만들어 둔 비자금이다.

그런데 그게 명의가 바뀌다니?

"그게……."

국정원장은 살짝 곤혹스러웠다.

하지만 보고하지 않을 수도 없었다.

"의원들입니다."

"의원들?"

"그렇습니다. 이번에 대통령 각하를 물어뜯은 의원들이 그곳을 사고 있습니다."

"이, 이런 개……."

너무 열 받아서 홍안수는 말이 안 나왔다.

그들은 그 땅의 소유권을 밝히라고 압박했고 그는 당연히 자기 땅이 아니라고 했다.

"그런데 우리가 그 땅에 대한 소유권을 주장할 수가 없습니다."

"이런 씨발 개새끼들……."

손이 부들부들 떨리는 홍안수.

그가 수십 년간 이룩한 자금이 모조리 거덜 나는 소리가 들리는 듯했다.

"원소유주들은 그 돈을 받고 해외로 튀거나 빚잔치를 하고 있습니다."

"씨발! 문제없을 거라며!"

몇몇은 노숙자들의 명의고 몇몇은 죽은 게 확실한 사람들이었다.

"그게, 유산을 상속받은 놈들이 나타났습니다."

"가족이 나타났다고?"

"그렇습니다. 그리고 정부에 해당 토지주의 사망이 정식으로 고지되고 있습니다."

"그 말은……."

"만일 후계자가 없다면 국가에 귀속됩니다."

"이, 이런 개 같은……."

홍안수는 분노로 정신을 차릴 수가 없었다.

하긴, 수백억이 날아가게 되었는데 열 안 받으면 그게 사람이겠는가?

"으으……."

거의 눈이 까뒤집히는 홍안수.

그런 홍안수를 보면서 국정원장은 곤혹스러워했다.

아직 보고가 끝난 게 아니니까.

"그리고……."

"그, 그리고?"

"소송이 들어왔습니다. 부사머니에서 해직된 직원들이 단체로 해직 무효 소송을 걸어왔습니다."

"뭐……라고?"

이번에 수익 문제로 해고한 부사머니의 직원만 백 명이 넘는다.

한 명당 200만 원이라고 해도 한 달에 무려 2억이라는 돈이 나가는 셈이다.

"그런데 아무래도…… 소송에서 질 것 같습니다. 부당 해고가 맞기 때문에……."

"설마……."

"맞습니다. 새론이 그 소송을 대리하고 있습니다."

"새론…… 으으으…… 이 개새끼들…… 어억!"

결국 홍안수는 분노를 참지 못하고 뒤로 넘어갔다.

"가, 각하! 의사! 당장 의사를 불러!"

국정원장은 난리를 피웠고 청와대에는 대혼란이 닥쳐왔다.

⚖️

─오늘 홍안수 각하께서는 과로로 쓰러지셨습니다. 각하께서는 평소 국민들을 위한 마음으로…….

"조선 로동당 방송이네, 완전."

노형진은 뉴스를 보면서 혀를 끌끌 찼다.

방송에서는 홍안수가 과로로 쓰러졌다고 이야기하고 있지만 그렇지 않다는 건 누구보다 노형진이 잘 안다.

오늘 하루, 홍안수는 몇백억을 날렸으니까.

아마도 평생을 모아 둔 돈이 거의 다 날아가고 있다는 걸 알아차렸을 것이다.

이것이 법이다

"그러니까 작작 해 처먹었어야지."

땅 주인이 바뀌는 걸 막기에는 너무 늦었다.

회사의 소유권도 넘어갔고 말이다.

이제 그에게 남은 건 일본의 은행에서 빌린 막대한 빚뿐이다.

"홍안수와는 이제 돌이킬 수 없는 강을 건넜군."

송정한은 긴 한숨을 내쉬며 말했다.

노형진 역시 고개를 끄덕거렸다.

"어차피 같이 갈 수도 없지 않습니까?"

"하긴, 그건 그렇지."

홍안수는 일본의 스파이다.

일국의 대통령이 타국의 스파이라니, 그 상황에서 어찌 같이 가겠는가?

"하지만 의외군. 나는 자네가 국민들한테 부사머니의 실소유주에 대해 공개할 줄 알았는데."

"그러고 싶지만 애석하게도 증거가 부족하니까요."

증거가 충분하다면 모를까, 홍안수는 부사머니를 꼭꼭 잘 감춰 놨다.

"땅 같은 경우는 그게 도리어 약점이 되었지만요."

이제 홍안수는 땅을 찾고 싶어도 찾을 수가 없게 되었다.

나중에 소송을 건다고 해도 대법원에서는 실소유주 우선을 판례로 가지고 있으니까.

"이번에 홍안수는 심각한 타격을 입었습니다. 증거가 없어서 그의 부사머니 실소유를 증명할 수는 없지만 막대한 금전적 피해를 입혔지요. 이제 홍안수는 그 잃어버린 돈을 구하기 위해 더 적극적으로 부패하기 시작할 겁니다."

그리고 그걸 모아서 터트려 그를 탄핵하는 것이 노형진의 계획이었다.

"가능하겠나?"

"때로는 누군가 피를 흘려야 만들어지는 것이 민주주의입니다. 민주주의는 피로써 자란다는 말이 있지요."

단기적으로는 국가의 손해일 수도 있지만 장기적으로 국민들에게 민주주의의 가치를 알게 하는 것이 이번 일의 핵심이었다.

"물론 쉬운 싸움은 아니겠지만요."

홍안수가 탄핵되면 자유신민당은 치명적 피해를 입는다.

이번에야 돈이 엮여서 자신들과 함께 싸웠다지만 다음번에는 아닐 것이다.

"앞날이 캄캄하구먼."

송정한은 그저 한숨을 쉴 수밖에 없었다.

국가 공인 폭력 조직

"이해가 가지 않는군요."

고연미 변호사는 자신에게 배당된 사건을 보면서 고개를 갸웃할 수밖에 없었다.

"사건이 진행되고 있는데 왜 이렇게……."

"재판하기도 전에 우리가 망하겠습니다. 변호사님, 어떻게, 방법이 없겠습니까?"

"물론 재판을 서둘러서 진행하고 싶지만 재판부에서 계속 사건을 지연시키고 있어서요."

고연미 변호사에게 배당된 사건은 기업 사건이었다.

태백공업이라는 곳에서 새로운 장비를 만들었는데 두한에서 그걸 거의 그대로 베껴서 물건을 만든 것이 문제였다.

태백공업은 하청 회사이기는 하지만 기술력이 있는 곳이었고, 그래서 두한과 오래 거래해 왔다.

그런데 갑자기 두한에서 자신들의 특허를 무시하고 물건을 그대로 베끼자 당황할 수밖에 없었고, 그걸 막기 위해 온갖 노력을 다했지만 두한은 회사로 찾아간 태백공업의 사장 이공태를 경비원을 시켜 강제로 끌어내기까지 했다.

"물론 두한이 상황이 좋지 않은 건 이해가 갑니다만."

두한은 노형진에게 방사능 자재라는 크리티컬을 맞고는 심각하게 흔들리고 있었다.

전 세계에 수출한 자동차와 철강이 문제가 되자 세계 각국의 기업들은 방사능이 들어가 있는 걸 알면서도 돈을 아낄 목적으로 일본산 자재를 사용한 두한에 막대한 손해배상을 요구했고, 특히 미국은 징벌적 손해배상까지 요구하면서 두한은 창사 이래 최고로 위험한 시기를 보내고 있었다.

결국 그들은 그 위기를 넘기기 위해 불법적인 행동을 하기 시작했는데, 그중 하나가 거래하던 기업들의 기술을 무차별적으로 빼앗는 것이었다.

"어떻게 안 되겠습니까?"

"저도 노력은 해 보겠습니다만……."

고연미는 가슴이 답답했다.

특허가 워낙 확실하기 때문에 제대로 재판에 들어가면 이기는 건 어려운 게 아니다.

하지만 그걸 알아서 그런지 두한은 시간 끌기 작전으로 나왔고 재판부는 무한대로 그 작전을 받아 주고 있었다.

'전형적인 방법이기는 한데…….'

고연미도 몇 번이나 공부했고 또 봐 왔기 때문에 이런 방식을 잘 안다.

상대방이 망해 버리기를 바라면서 시간을 끄는 것이다.

대기업에서 쓰는 고전적인 방법이기도 하고 말이다.

'하지만 태백공업은 만만한 회사가 아닌데…….'

태백공업이 작은 회사라면 이해가 가지만 자산이 500억이 넘는 대형 기업 중 하나다.

더군다나 다른 중소기업과 다르게 두한에 완전 종속적인 형태로 예속된 것도 아니다.

두한이 큰 비중을 차지한다지만 거래하는 회사가 여럿 있었고, 그래서 두한이 사라진다고 해도 망할 정도까지 몰리지는 않는다.

"그런데 점점 거래도 줄어들고……."

사정상 두한에서 그렇게 하는 건 이해하겠는데, 문제는 다른 기업들 역시 점점 태백공업과 거래를 끊고 있다는 것이다.

"얼마 전에는 원자재를 납품하는 회사에서 거래를 못 한다고 연락이 왔습니다. 그나마 다행히 흔한 재료인지라 웃돈을 주고 수량을 맞출 수는 있었습니다만……."

"혹시 그쪽에 두한의 입김이 들어갔다고 생각하시는 건가요?"

"그건 당연하겠지요. 하지만 그것만으로는 이해가 되지 않습니다. 죄다 거래를 못 하겠다며 움츠러들고 있습니다."

이공태는 피곤한 얼굴로 말했다.

그가 이 회사를 이룩하기 위해 얼마나 노력했던가?

그런데 그 모든 게 이렇게 허망하게 날아가게 될 줄이야.

"재판이라도 들어가면 어떻게 싸워라도 보겠는데……."

고개를 푹 숙이는 이공태.

하긴, 법원에서 재판해 주지 않겠다고 버티는데 기업인이 어떻게 할 수 있을 리가 없다.

"음……."

법적으로는 분명 이기는 싸움이지만 그 법으로 판단되기까지 버틸 방법이 없기에 고연미는 고민했다.

그리고 자리에서 일어났다.

"노 변호사님에게 물어보지요."

이공태의 얼굴이 환해졌다.

이공태도 안다. 노형진이라는 변호사가 얼마나 능력이 있는지. 다만 사건을 잘 받아 주지 않아서 그렇지.

"확실히 이번 사건은 어렵지 않은 사건이에요. 법적으로는 말이지요. 하지만 저쪽에서 다른 수를 쓰기 시작하면 저희도 방법이 없지요."

어렵지 않은 사건이기에 고연미 변호사에게 배당된 것이지만, 상황이 바뀌어서 해결하기 힘들어진다면 그걸 해결할 수 있는 사람에게 찾아가는 게 당연한 일이다.

"노형진 변호사라면 이 상황에 대해 알 거예요."

"부, 부탁드립니다."

"지금 당장 가지요. 저쪽에서 시간을 끌고 싶어 하는 것 같은데 우리가 당하고만 있을 수는 없으니까요."

고연미는 이공태를 재촉해서 바로 노형진의 사무실로 올라갔다.

다행히 노형진은 딱히 급한 사건이 없었던 덕분에 30분 정도 사건 개요를 들을 수 있었다.

그는 혀를 끌끌 찼다.

"두한이 그런 짓거리까지 하고 있었습니까?"

"네. 모르셨나요?"

"요 근래에 많이 바빠서요."

"하긴, 요 근래 많이 바쁘시기는 했지요."

고연미도 이해가 간다는 듯 고개를 끄덕거렸다.

노형진 변호사의 큰 사건이 바로 지난주까지 있었으니까.

"확실히 기존 방식하고 대응은 비슷한데요. 이거 재판 기일을 미룬다고 해서 두한에 이득이 될 건 없어요. 물론 특허를 계속 침해할 수 있기는 하지만요. 그걸 노리는 걸까요?"

확실히 답이 정해지지 않은 거라면 누가 쓴다고 해도 문제가 될 건 없다.

설사 나중에 진다고 해도, 한국 재판부의 특성상 손해배상금은 개미 눈곱만큼 주고 끝낼 게 뻔하니까.

"흠……."

노형진은 잠깐 고민하다가 입을 열었다.

"태백공업이 주식회사죠?"

"네? 아, 네. 그렇지요. 물론 상장된 회사는 아닙니다만."

사람들은 주식회사라고 하면 무조건 상장되어 있는 회사라고 많이들 착각하지만 상장과 주식회사는 전혀 다른 이야기다.

태백공업 같은 경우는 내실이 있는 회사이기 때문에 딱히 주식 상장을 할 이유도 없고 말이다.

"그리고 요 근래 거래가 끊긴다?"

"네."

"혹시 말입니다, 거래를 끊은 사장들이 거리를 두지 않던가요?"

"거리요?"

"네. 갑자기 연락을 받지 않는다거나 만나기를 꺼린다거나."

"어…… 확실히요."

어떤 면에서 보면 태백공업은 갑에 가까운 회사다.

물론 두한처럼 절대 갑은 아니지만, 원자재를 납품하는 회사들의 입장에서는 태백공업이 갑이다.

더군다나 태백공업은 자산이 500억인 곳이지 매출이 500

억인 곳이 아니다.

일반적으로 자산은 가지고 있는 재산을 이야기할 뿐, 매출은 그 몇 배를 가뿐하게 넘는다.

"1년 매출이 얼마 정도 됩니까?"

"네? 1년 매출요?"

"네. 매출과 순수익이 어느 정도 되나요?"

"어, 1년 매출은 6천억 정도 됩니다. 그중에서 500억 정도가 순수익이고요."

기억을 더듬어서 말하는 이공태.

"6천억에 500억 순수익이라⋯⋯."

노형진은 긴 한숨을 쉬었다. 대충 각이 나왔으니까.

"이 새끼들, 또 이 지랄이네."

"이 새끼들?"

"네, 검찰 말입니다."

"검찰요? 이해가 가지 않는데요. 이건 민사사건인데요?"

물론 형사도 들어가 있기는 하지만 애초에 그다지 기대도 하지 않았다.

두한을 대상으로 싸우려고 하는 검사는 많지 않을 테니까.

중요한 건 민사를 통해 배상을 받고 그들이 특허를 침해하는 걸 막는 것이었다.

"민사사건이기는 한데 검사가 엮인 거죠."

"특허를 노리려고요? 설마 형사 결과가 질 거라고 생각하시나요? 하지만 워낙 증거가 확실해서 질 수가 없을 텐데요."

고연미는 고개를 갸웃했다.

아무리 두한이라고 해도 이번 사건 같은 경우는 특허 문제가 너무 확실하기 때문에 이길 수 있는 재판이 아니었다.

형사도 마찬가지다.

자료를 요구해서 가지고 간 것에서부터 모든 과정이 다 증거로 남아 있기 때문에 쉽지 않은 싸움이었다.

"설마 두한이 언론을 막을 거라고 생각하세요?"

"그건 당연한 거지요. 그들이 미쳤다고 언론에 나가게 두겠습니까? 하지만 그들이 노리는 건 특허가 아닙니다."

"네?"

"그게 무슨 말씀이십니까, 노 변호사님? 그들이 특허 말고 뭘 노린다는 겁니까? 설마……?"

이공태의 눈이 격하게 떨리기 시작했다.

특허 말고 딱히 노릴 거라고는 그의 회사뿐이기 때문이다.

"고연미 변호사는 검찰이랑 싸워 본 경험이 많지 않지요?"

"저는 보통 민사 쪽이라서요."

"흐음…… 조사해 봐야 하겠지만, 제가 봐서는 이번 사건에서 저쪽이 노리는 건 태백공업 그 자체입니다."

이공태는 흠칫했다.

그리고 고연미 변호사의 눈은 어느 때보다 커졌다.

"이해가 가지 않아요. 어째서요?"

"싸워 봐야 지니까요."

고연미 변호사가 말한 것처럼 특허권 싸움을 하면 이기는 건 태백공업이다.

물론 무차별 복제할 수는 있지만 그 기간이 길어질수록 배상금은 커진다.

"그런 경우 가장 확실한 방법은 기업에서 특허권을 사거나 기업을 인수하는 거지요. 하지만 이공태 씨는 기업을 팔 생각은 없으실 테고."

"당연히 없지요!"

그가 힘들게 키운 기업이다.

더군다나 특허만 파는 것도 문제가 된다.

태백공업에서 그 특허를 이용해 제작한 물건을 파는 곳은 두한만이 아니다.

그런데 특허를 두한에 팔아 버리면 그가 보는 손해가 얼만가?

"상황이 좋지 않은데 두한에서 그 가격을 정상적으로 주지는 않을 테고요."

분명 태백공업에 팔라고 할 때도 터무니없는 가격을 부를 게 뻔하다.

"그거랑 검사랑 무슨 관계가 있다는 거지요?"

"이건 제법 오래된 수법입니다. 물론 쉬쉬하기는 하지만요. 흔하게 쓰는 수법은 아니라서 고연미 변호사도 잘 모를 테고요."

노형진은 씁쓸하게 말했다.

고연미 변호사는 당혹감을 감출 수가 없었다.

검찰이 뭔가를 한다는 소리는 못 들었으니까.

"제가 아는 건 전혀 없는데요."

"전혀 없을 겁니다. 애초에 수사가 진행된 게 아니니까요."

"수사가 진행되지 않는다고요?"

"내사를 이용한 강탈이지요."

검찰은 수사하는 집단이고, 수사의 개시 및 공소권을 가지고 있다.

그리고 수사를 종결할 권한도 가지고 있는 무소불위의 권력 집단이다.

"그중에서 내사라는 건 일종의 말장난이거든요."

내사란 엄밀하게 말하면 범죄가 의심되는 경우 검사가 해당 사건을 파고드는 것을 뜻한다.

하지만 수사와 다른 건, 범죄 혐의가 확정되지 않았다는 것이다.

즉, 어떤 범죄가 확정되었고 그걸 누가 했느냐를 조사하는 게 수사고, 어떤 범죄가 이루어진 것 같다는 걸 조사하는 게 내사다.

"그거랑 이번 사건이 무슨 관계가 있지요? 그건 검찰의 업무 아닌가요?"

고연미는 이런 상황은 들어 본 적이 없기 때문에 고개를 갸웃할 수밖에 없었다.

"검사의 내사에 관련된 제한이 없습니다. 사실 내사를 제한하면 범죄 사실을 밝혀내는 게 쉽지 않은 것도 있지만."

긴 한숨을 내쉬는 노형진.

가끔 검사들이 이런 식으로 장난치는 건 알고 있었다.

하지만 이번에는 사건이 너무 컸다.

그럴 수밖에 없다. 대상이 두한이니까.

"때로는 조폭처럼 상대방에게서 뭔가를 빼앗기 위해 사용됩니다."

"조폭처럼요?"

"네."

고연미는 당혹스러운 표정이 되었다.

검찰은 조폭을 잡는 놈들이다.

그런데 그들이 조폭처럼 행동한다?

"저는 이해가 가지 않습니다. 그들은 국가권력이잖습니까?"

"저는 검찰과 조폭의 차이를 국가에서 권력을 인정받았느냐 못 받았느냐로 봅니다. 사실 몇몇 사건에서 그들이 하는 행동은 조폭 그 이하거든요."

"으음……."

검찰이 자신을 노린다는 말에 사색이 되는 이공태.

그 모습을 본 고연미는 노형진에게 다급하게 물을 수밖에 없었다.

"좀 자세하게 설명해 주시겠어요?"

"그러지요. 검찰은 내사에 관한 권리를 가지고 있습니다. 문제는 거기에서부터 시작되지요."

내사를 하면서 검찰은 주변 인물을 소환해서 질문을 던지거나 압박할 수 있다.

다만 법원의 영장과 다른 건 강제력이 없다는 것이다.

"하지만 대한민국에서 사업하는 사람 중에 검찰의 소환에 불응하는 간땡이 부은 놈이 있을 리가 없죠."

그걸 잘 알고 있는 검찰이기에 그들의 방법은 간단하다.

관련된 모든 사람을 무차별적으로 소환하는 것이다.

거래 업자, 납품 업자, 심지어 식당 주인까지 무차별적으로 소환하여 표적의 피를 말리는 방법을 쓴다.

"설마……."

"맞습니다. 딱 조폭들하고 똑같은 방법이지요."

조폭들은 뭔가를 빼앗으려고 할 때 본인보다는 주변을 족친다.

검찰도 마찬가지다.

당사자는 건드리지 않는다. 주변을 족치면서 누구도 그와 거래하지 못하게 한다.

"그 결과 대부분의 사람들은 거래를 꺼릴 수밖에 없지요. 마치 지금 이공태 씨가 당하는 것처럼요."

이공태의 얼굴이 하얀색으로 질려 버렸다.

자신의 처지를 알 것 같았기 때문이다.

"하지만 이공태 씨는 아무 잘못도 하지 않았는데요?"

"이공태 씨가 아무 잘못도 하지 않은 건 저도 잘 알고 있습니다. 하지만 이런 말이 있지요. 지키지 못할 보물을 가지고 있는 건 죄라고."

이공태의 기업을 빼앗기로 한 이상 기업을 휘청거리게 하는 건 어려운 일이 아니다.

주변 인물들을 말려 죽이면서 그가 꼼짝도 못 하게 하는 것이다.

"주식회사라면 그런 경우 주식의 가격이 떨어질 수밖에 없습니다. 제대로 사업을 못 하니까요."

"그러면……."

"네, 그때 주식을 모으는 겁니다. 일정 수량이 되면 이공태 씨를 자르고는 그걸 꿀꺽하는 거지요."

그 말을 듣고 손이 부들부들 떨리는 이공태.

"노, 노 변호사님? 그 말이 진짜입니까?"

"검찰에서는 제법 오래전부터 써 온 방법입니다. 정식으로 수사한 것도 아니고 내사한 거라 법적으로 문제가 될 건 없습니다. 다만 내사 대상이 된 사람은 피가 말라서 죽어 버리지만요."

어깨를 으쓱하는 노형진.

"그러면 그 대신에 검찰은 돈을 받나요?"

고연미는 기가 막혀서 물었다.

노형진은 고개를 끄덕거렸다.

"돈을 받는 경우도 있지만 보통은 주식을 받습니다."

"주식요?"

"네. 돈은 아무래도 나중에 문제가 될 수도 있지 않습니까? 하지만 주식은 무기명주식이 많으니까."

그렇게 주식을 받고 조용해지면 팔거나 배당금을 받는 것이다.

"검찰이 돈을 받는 거야 하루 이틀 일이 아니지만 사실 간혹 건건이 뇌물 몇천 받는다고 해서 그들의 재산이 갑자기 늘어나는 건 아니지 않습니까?"

"그 말은 설마……?"

"검사들이 재산 증식을 위해 많이 쓰는 게 내사입니다."

이렇게 주식을 증여받기로 하고 내사를 해 주는 경우도 있지만 다른 방법도 있다.

"일단 당사자를 건드리지 않고 주변을 내사하면서 족치기 시작하면 내사 당사자는 당황해서 돈을 줄 수밖에 없지요. 이런 말 하긴 그렇지만, 한국에서 깨끗하게 사업해서 성공할 수 있는 사람이 얼마나 되겠습니까?"

이것이 법이다

"……."

이공태는 아무런 말도 못 했다.

노형진의 말대로 한국에서는 깨끗한 사람은 큰 사업을 못 한다.

털어서 먼지가 나오는 게 아니라 조금만 흔들어도 먼지가 나오는 게 대한민국의 사업이다.

"그, 그러면 저도 뇌물을 주면……?"

이공태는 입술이 바짝바짝 말랐다.

한국의 검찰 집단을 상대로 싸울 자신은 없었으니까.

하지만 노형진은 그에게 절망적인 대답을 해 줘야 했다.

"힘들 겁니다. 목적이 다르니까요."

"목적이 다르다고요?"

"만일 뇌물이 검찰 측의 목적이었다면 내사 사실이 이공태 씨에게 흘러가도록 했을 겁니다. 그런데 지금까지 이공태 씨 는 전혀 몰랐지요?"

"그건……."

"그 말은, 검찰이 이공태 씨에게 이야기가 흘러가지 않도 록 했다는 거지요."

노형진은 잠깐 침묵을 지키다가 조심스럽게 입을 열었다.

"그건 이공태 씨가 한 범죄행위에 대해 확실하게 인지하고 내사 중이든가, 태백공업을 먹을 누군가에게서 돈을 받았다 는 거지요."

"아……."

여기서 그럴 수 있는 곳은 오로지 단 한 곳, 두한뿐이다.

"설마 두한에서……?"

"두한은 상황이 다급합니다. 막대한 돈을 물어내야 하지요."

지금 두한은 재판에서 이기기 위해 사력을 다하는 중이지만 대부분의 경우 돈을 물어낼 수밖에 없다.

방사능 철재에 대한 고의성이 확실하기 때문이다.

"당장 두한은 매출이 급감했습니다. 수익이 날 수 있는 부분도 많이 줄었지요. 얼마 전 두한 문제에 대한 연구서를 보니 두한에는 이번 사건이 아주 치명적이더군요."

마이스터의 연구소에서는 이번 사건으로 인해 두한이 최소 3년 치 순수익을 토해 내야 하고 최악의 경우 10년 치의 순수익까지 배상금이 나올 거라고 추정하고 있었다.

"두한이 살아남기 위해서는 알짜배기 기업들이 필요합니다. 두한의 현금을 보충해 줄 수 있는 그런 기업요."

"……."

"태백공업은 그중에서도 알짜배기죠."

순수익이 500억이다.

두한 입장에서도 절대 작은 돈이 아니다.

"만일 기업을 삼키면 두한은 특허 물품의 가격을 올릴 수 있습니다."

태백공업의 물건을 쓰는 건 두한만이 아니다.

당연히 특허가 있는 이상 다른 기업은 못 만든다.

"태백이야 두한이 싸울 만하니까 덤비지만, 태백공업을 두한이 먹으면 어떻게 될까요?"

두한에서 특허 물품의 가격을 두 배로 높인다고 해도 그들은 찍소리도 못 한다.

"매년 천억의 순수익을 보장하는 기업이 되어 버립니다. 단돈 몇 푼이라도 아쉬운 두한 입장에서는 아주 꿀이 뚝뚝 떨어지는 거지요."

"아……."

이공태는 머리를 부여잡고 신음을 냈다.

설마 두한이 그렇게까지 할 거라고는 생각하지 못했으니까.

"두한은 이미 주식시장에서 장난을 많이 쳐 왔습니다."

중소기업을 이용해 수작질을 벌여서 막대한 돈을 빼돌린 게 두한이다.

하지만 노형진에게 한번 발각되어서 제대로 털리면서 같은 방법은 더 이상 쓰지 못하게 되었다.

"그러면 다른 방법을 찾아야지요. 지금처럼 알짜배기 회사를 집어삼키는 겁니다."

"그 말이 사실인가요? 물론…… 법적으로 가능하기는 하지만……."

고연미도 당황해서 다시 물을 수밖에 없었다.

그렇게까지 할 줄은 몰랐으니까.

"사실입니다. 이미 있었던 사건이니까요. 그때는 두한이 아니었지만."

"네?"

"중성이라는 기업이 있었습니다. 태백만큼 크지는 않았고……한 100억대 회사였지요. 그런데 그곳이 호소라는 작은 회사에 먹혔습니다."

중성은 100억대 기업인데 호소는 고작 20억대 회사였다.

중성이 먼저 호소를 고발했다.

호소에서 불법적으로 자신들의 물건을 복제해서 팔았으니까.

"그게 가능해요?"

체급이 무려 다섯 배나 차이가 난다.

그런데 작은 곳이 큰 곳을 먹는다?

"중성이 지금하고 똑같이 당했습니다. 주변의 거래처라는 거래처는 모조리 검찰에 끌려갔지요."

심지어 중성 직원들이 가끔 야식을 배달시키는 업체까지 끌고 가서 내사라는 이름으로 괴롭혔고, 결국 중성은 거래처가 다 끊어지면서 무너졌다.

"결국 중성은 호소에 먹혔습니다. 그런데 나중에 알고 보니 검찰이 호소의 주식을 10%쯤 받았지요."

"10%……."

"네, 그 사건으로 검사 쪽에서 대략 20억쯤 벌어 간 걸로 알고 있습니다."

"그걸 고발하지 않는다구요?"

노형진은 피식 웃었다.

"하면요? 어쩔 건데요?"

"……."

'검사가 내사한 것뿐이다, 불법은 없다, 투자는 불법이 아니다.'가 검찰의 공식적인 판단이었고, 팔은 안으로 굽는다는 말을 확실하게 보여 줬을 뿐이다.

"그 말은……."

"제가 아는 게 그 사건뿐인 거니까 그런 수법을 쓴 게 한두 번이 아니었을 겁니다."

노형진은 그렇게 말하면서 피식 웃었다.

"솔직히 검사 월급이 얼마나 된다고 죄다 강남에 살고 수십억씩 쟁여 두겠습니까?"

검사를 그만두고 전관으로 수억의 연봉을 약속받고 대형 로펌으로 간 것도 아닌데, 검사로 재직하면서 수십억을 쌓는다?

수작질을 부리지 않는 이상에야 그건 절대로 불가능하다.

적당한 뇌물? 그것도 불가능하다.

일반적으로 대형 사건이 아니면 뇌물은 많아 봐야 몇천 단위니까.

"설마……."

"네. 생각보다 이런 수법으로 돈을 버는 검사들이 많습니다."

노형진은 고개를 끄덕거리며 말했다.

"더군다나 내사의 권한은 오로지 검사에게만 있거든요."

이게 무슨 말이냐면, 위에 보고할 필요도 없다는 거다.

"큰 건이라면 모를까, 자잘한 건 대부분 평검사 혼자 먹어도 문제가 되지 않는다는 겁니다. 물론 이런 큰 건은 다른 사람들도 먹었을 테지만요."

노형진의 말이 계속될수록 이공태의 얼굴은 거무죽죽해졌다.

그가 도망갈 수도 없는 함정에 빠진 거라는 걸 알아차렸기 때문이다.

"그러면 재판부에서 차일피일 재판을 미루는 이유가, 두한이 태백공업을 먹을 시간을 벌어 주기 위해서겠군요."

"맞습니다."

노형진은 고개를 끄덕거렸다.

"노, 노 변호사님! 살려 주십시오! 저 이렇게 망할 수는 없습니다! 제가 어떻게 키운 회사인데……! 노 변호사님, 제발……! 돈은 제가 어떻게든 구해 보겠습니다! 얼마든지 드릴 테니 제발…… 제발 저 좀 살려 주십시오!"

이공태는 다급하게 노형진에게 매달렸다.

두한만 해도 부담스러운 싸움 대상이다.

그런데 다른 곳도 아닌 검찰이라니. 이길 수 있는 문제가 아니다.

"우리가 변호사로서 해 드릴 수 있는 일은 없습니다."

"네?"

"미안합니다만 이게 그놈들 수법이라서요. 변호사로서 도와드릴 방법이 없습니다. 검사란 놈들이 머리를 잘 쓴 거죠."

변호사로서 돕고 싶다면 정식으로 소송이 들어가거나 태백공업과 이공태에게 고소 고발이 들어왔어야 한다.

"그런데 내사는 그런 게 아닙니다."

더군다나 그들이 족치는 대상은 이공태가 아니다. 이공태의 주변 인물들이지.

"그 말은, 우리가 방어하기 위해서는 이공태 씨의 주변 인물을 모두 커버해야 한다는 겁니다."

그렇지만 그건 현실적으로 불가능하다.

일단 아무리 새론의 변호사 비용이 싼 편이라지만 한두 명이 관련된 것도 아닌 데다가, 당사자가 싫다고 하면 방법이 없다.

"더군다나 검사들이 노리는 건 처벌이 아니거든요."

관련자들이 겁을 집어먹고 표적과 연을 끊어 버리는 것.

그게 검사들의 목표인데, 사람들이 겁을 먹는 건 변호사가 있고 없고 여부와 상관없다.

변호사는 법률적인 조언만 해 줄 뿐이다.

"아⋯⋯."

노형진의 설명에 이공태는 그대로 주저앉아 버렸다.

"노 변호사님, 그러면 방법이 없을까요? 검사들이 이런 식으로 매년 해 먹는 돈이 수백억이라면⋯⋯."

"그게 문제이기는 한데요."

노형진은 턱을 문질렀다.

'하긴, 이 문제가 하루 이틀 된 것도 아니고.'

사실 이런 방식으로 검사들이 돈을 버는 걸 정치권이 모르지는 않는다.

정치권에 들어가 있는 검사들이 한두 명도 아닌데 모를 리가 없다.

다만 그렇게 번 돈 중 상당수가 자기들에게 뇌물로 들어오기 때문에 모른 척할 뿐이다.

자기들도 그렇게 돈을 벌고 그걸 뇌물로 줘서 정치권에 들어왔으니, 자기들이 그 돈을 받는 게 당연하다고 생각하고 있고 말이다.

"검사를 고발할까요?"

"소용없다니까요."

도리어 검찰이라는 조직과 전면전을 하겠다고 덤비는 꼴

밖에 되지 않는다.

검찰이 무서운 건 아니지만, 그래 봤자 검찰이 바뀌지 않는다는 게 문제다.

이번에 방어한다고 해서 과연 검찰이 다른 기업에 이 방법을 쓰지 않을까?

'그럴 리가 없지.'

노형진이 모든 사람들을 찾아다니면서 방어할 수는 없다.

"이 문제에 대해서는 아무리도 새론 차원에서 좀 논의해 봐야 할 것 같네요."

대한민국 검찰 전부를 적으로 돌려야 하는 상황이 될 테니까 그럴 수밖에 없었다.

⚖️

"부정은 못 하겠군."

김성식도 눈을 찡그리며 말했다.

"나는 하지 않았지만 그런 수법을 쓰는 검사들은 한두 명이 아니니까. 심지어 중수부에서도 그랬지. 아니, 중수부라 더 심했을 수도 있겠군."

중수부는 검찰 권력 내부에서도 무소불위의 권력을 휘두르는 곳이다.

그곳에서 불렀는데 겁을 먹지 않는 자는 진짜 미친놈뿐이었다.

중수부쯤 되면 없는 죄도 만들어 낼 수 있을 테니까.

"그 정도였습니까?"

무태식도 어이없는 듯 말했다.

"보통 이런 사건은 변호사에게도 오지 않습니다. 절대 제대로 조사가 이루어지지 않으니까요."

노형진은 입맛을 다시며 말했다.

"검사를 고발하는 방법도 있지만, 고연미 변호사에게 이야기했다시피 검찰은 절대 아군에게는 총질하지 않습니다."

볼 것도 없이 혐의 없음이 나올 게 뻔하다.

"그리고 고발한 대상을 갈가리 찢어 놓겠지."

김성식도 안다는 듯 고개를 끄덕거렸다.

지금까지 검찰이나 검사를 고발한 사람이 없었던 것은 아니다.

하지만 대부분의 경우 무혐의로 나왔고, 방송에 나오지 않았을 뿐 검찰은 그들을 말려 죽이는 것으로 처절하게 복수했다.

"사실상 검사를 고발하면 사회생활 하는 게 불가능하죠."

그건 알기에 고연미도 한숨을 쉬었다.

물론 돈이 있고 힘이 있는 사람이라면 괜찮다.

하지만 일반 서민은?

검찰을 고발하기 위해서는 유언장부터 써 놔야 하는 게 현실이다.

"이게 조폭도 아니고."

"국가 공인 조폭이지요."

노형진의 말에 좌중이 조용해졌다. 틀린 말은 아니니까.

검찰이라는 무소불위의 권력.

한국이 생긴 이래로 단 한 번도 견제받지 않은 권력 집단.

그들을 통제할 방법은 없었다.

"그러면 다른 방법을 써야 한다는 건데……."

김성식은 그렇게 중얼거리고는 노형진을 바라보았다.

"자네가 아무 계획도 없이 무작정 회의하자고 하지는 않았
겠지."

노형진은 고개를 끄덕거렸다.

"검사들을 모두 막을 수는 없습니다. 법을 바꾸고 싶어도,
국회의원들이 자기 돈줄을 제 손으로 막을 이유는 없지요."

"그건 그렇지."

"그러면 차라리 적극적으로 검사들을 밀어줄까 생각 중입
니다."

"무슨 말인가?"

"미국은 로비가 합법이지요."

"그래서? 그게 이번 사건과 무슨 관계가 있다는 거지?"

미국은 한국과 다르게 로비가 합법이다.

그래서 한국에서 로비스트라고 하면 무슨 불법의 총아처

럼 들리지만 미국에서는 직업 중 하나다.

"우리도 로비를 하는 게 좋을 거라고 생각합니다."

"응? 그게 무슨 말이야?"

"결국 돈이 문제지요."

노형진은 어깨를 으쓱하면서 말했다.

"그런데 김 대표님도 아실 겁니다. 이런 검사들의 숫자가 얼마나 됩니까?"

"음…… 많지는 않지만…… 알잖아, 이런 놈들의 특징?"

절대 권력을 노리고 위로 가려고 한다.

결과적으로 부패할수록 위로 올라가는 게 검찰의 구조다.

살인범 백 명을 잡은 검사보다는 정치인의 비리를 감춰 준 검사가, 더불어 상관에게 뇌물을 준 검사가 더 빨리 더 위로 올라간다.

당장 오광훈만 봐도 스타 검사가 되어서 쫓아내지는 못하고 있지만 그의 연차가 있음에도 불구하고 여전히 승진을 못하고 있다.

"검찰청이라는 조직에서 나오는 사람이 남는 사람보다는 많지요."

"그건 그렇지."

사실 어떤 조직이나 마찬가지다.

상급자의 직위는 한정되어 있고, 승진에 누락되는 사람이 있기 마련이다.

그렇다고 북한처럼 개나 소나 다 장군을 달아 줄 수는 없는 노릇이고.

"결국 승진을 잘할수록 부패한 놈이라는 소리죠."

"그건 알고 있네."

"반대로 말하면, 승진을 못 할수록 멀쩡한 검사라는 거구요."

"하고 싶은 말이 뭔가?"

"그들에게 큰 거 한 방을 노리게 할까 생각 중입니다."

"큰 거 한 방?"

다들 고개를 갸웃했다.

"그게 무슨 소리야?"

"노 변호사님, 큰 거 한 방이라니, 무슨 범죄 모의 같은데요."

노형진이 피식 웃었다.

"틀린 말은 아닙니다. 합법과 불법의 절묘한 줄타기라고 할까요?"

"합법과 불법이라……."

김성식은 잠깐 고민하다가 고개를 끄덕거렸다.

"하긴, 상관없을 것 같군."

그의 눈도 묘하게 빛나고 있었다.

"검찰이 불법과 합법 사이에서 왔다 갔다 한다면 우리라고 그러지 말라는 법은 없으니까, 후후후."

이른바, 명예로운 죽음

노형진의 계획을 들은 사람들은 혀를 내둘렀다.

"장기적으로는 로비라고 봐야 하나?"

"로비와는 좀 다르지요. 법률적 관점에서는 현상금이라고 봐야 하니까요."

"으음, 이거 진짜 법적으로 애매하네요."

노형진의 말에 다들 오랜 시간을 고민했다.

그리고 다들 확신할 수 있었다.

노형진이 말한 계획이 진짜로 불법과 합법 사이의 교묘한 줄타기라는 걸 말이다.

"일반적으로 로비라고 하면 뭔가를 요구하기 위해 불법적으로 주는 돈을 뜻합니다."

기업에서는 그런 로비를 통해 정보를 빼내거나 수익을 내거나 처벌을 면하거나 한다.

"하지만 모금이라고 하면 이야기는 달라지지요."

한국의 모금법에 따르면 모금의 조건이 딱히 반사회적인 게 아니라면 딱히 문제가 되지 않는다.

해당 기금의 모집은 등록제이다.

"즉, 정부의 허가를 받지 않아도 된다는 겁니다."

"그래, 그건 알고 있네. 그리고 자네 계획은 그 기부금을 일종의 현상금으로 이용하자 이거 아닌가?"

"맞습니다. 우리가 돈을 모아서 누군가에게 주고 뭔가를 해 달라고 하는 건 불법입니다. 하지만 우리가 돈을 모아서 현상금으로 걸고 그걸 이루어 낸 사람에게 주는 건 불법이 아니지요."

선과 후가 다르다.

뇌물은 뭔가를 요구하기 위해 주는 거고, 기부금의 증여는 뭔가를 해낸 사람에게 주는 일종의 포상이다.

"진짜 애매하군. 불법은 아닌데 합법도 아닌 듯한 느낌이 란 말이지."

"법을 엄밀하게 적용하면 불법이 될 수가 없지요."

누군가에게 콕 집어서 준 것도 아니고, 은밀하게 주고받은 것도 아니며, 업무와 관련해서 주는 것도 아니다.

"하지만 결국 나가야 하는 평검사들에게는…… 어마어마

하게 달콤한 유혹이겠군."

"제가 노리는 게 그겁니다."

대한민국의 검찰은 일반 기업과 문화가 다르다.

누군가 승진하면 그 기수 이하의 사람들은 옷을 벗고 나가는 게 문화다.

오광훈처럼 욕을 먹으면서도 나가지 않고 버티는 사람도 있겠지만, 대부분의 검사들은 거기서 커트되어서 평검사로 옷을 벗는다.

"그리고 그런 사람들은 거의 힘이 없지요."

검사는 평검사부터 시작해서 부부장검사, 부장검사, 차장검사, 검사장, 검찰총장 순으로 승진한다.

그런데 전관예우를 받으려면 최소한 부장검사급은 되어야 한다.

평검사나 부부장검사급에서 나오는 사람들은 전관은 꿈도 못 꾼다.

"그리고 그 사람들 대부분은 개털이 되죠."

그만두고 싶어서 나온 게 아니다.

자기 정의를 지키다가 징계를 먹거나, 남들 다 주는 뇌물을 못 줘서 승진에서 물먹거나 해서 나오는 거다.

"그런 사람들은 로펌에서도 데려가지 않습니다."

물론 개인 변호사를 할 수는 있지만 개인 변호사 사무실을 차리기 위해서는 돈이 필요하다.

"그리고 그걸 위한 미끼다 이거지?"

"정확하십니다."

김성식은 노형진의 잔머리에 혀를 내둘렀다.

"어차피 나가리라 이거군."

노형진의 계획은 이랬다.

일단 모금을 해서 돈을 쌓아 둔다.

그리고 그 조건을 달성하는 사람에게 돈을 주는 것이다.

뭔가를 청부한 게 아니기 때문에 그건 불법이 아니다.

현상금이라고 볼 수 있는데, 그게 불법이 아닌 이상에야 국가에서 제재할 방법이 없다.

"우리가 현상금을 거는 대상은 부패 검사라는 거지요."

어차피 나가리가 된 검사들, 특히 찍혀서 나가는 검사들은 모아 둔 돈이 없으니 개인 변호사 사무실이라도 열려면 현상금을 노려야 한다.

"그리고 부패한 검사 하나 작살내면 그만큼의 현상금이 나가는 겁니다."

"과연 할까요?"

고연미는 고개를 갸웃했다.

검사들의 끈끈한 관계는 검사 출신이 아닌 그녀도 알 정도니까.

"누군가는 할 거야. 옷을 벗고 나가게 하는 것 자체가 '너는 우리 식구가 아니다.'라는 의미거든."

김성식은 고연미의 말에 재미있다는 듯 이야기했다.

"검찰 쪽에서 우리 식구가 아니라고 쫓아내는데, 나가는 사람 입장에서 굳이 혼자 죽을 이유는 없지."

"하지만 부패를 저질러서 그만두는 검사도 있지 않습니까?"

무태식은 혹시나 그런 검사가 현상금을 받아 갈까 걱정하는 모양이었다.

하지만 노형진의 의견은 간단했다.

"상관있나요?"

"네?"

"부패해서 내쫓기든 올발라서 내쫓기든, 쫓겨나는 건 똑같습니다. 부패한 검사의 모가지를 날려 버리는 데 칼이 중요합니까?"

"아…… 하긴 그렇겠네요."

어차피 부패 검사의 모가지를 날려 버리려는 거라면 누구든 상관없다.

"그리고 금액이 커질수록 아마 볼만해질 걸세."

"그게 무슨 말씀이십니까?"

무태식의 말에 김성식 역시 상당히 흥미롭다는 듯 이야기했다.

"당연한 거 아닌가? 검찰 내부에도 파벌이 있지 않나. 그리고 파벌 싸움에서 밀리면 모가지가 우수수 날아가는 법이거든.”

“아하!”

만일 파벌 싸움에서 밀려서 나가게 된다면 그 사람은 어떻게 될까?

현실적으로 파벌 싸움에 밀려서 나가면 전관예우조차도 기대하지 못한다.

전관예우라는 건 자기 사람이 내부에서 도와주는 걸 말하는데, 내부에 있는 사람은 자기 사람이 아니라 적이니까.

“하위직뿐만 아니라 고위직도 돈이 충분하다면 찌를 수 있지. 그런데 장기적으로 보자는 말은 뭔가?”

“이번에는 부패 검사의 처벌을 요구할 생각입니다.”

“그렇군. 그러면 다음번에는 뭘 요구하려고?”

“요구가 아니죠. 정책 반영입니다.”

“정책 반영?”

“지금 대한민국에서 국민이 권력을 가지고 있다고 생각하십니까?”

모든 권력은 국민으로부터 나온다.

그게 헌법이다.

하지만 대한민국에서 국민은 개돼지일 뿐이며 또한 도구이자 노예일 뿐이다.

“권력자들이 언제 국민들을 위해 일한 적이 있습니까?”

“그야 뭐……”

"이유가 뭐라고 생각하십니까?"

"이유라……."

다들 살짝 생각에 잠겼다.

하지만 딱히 오래 생각할 필요도 없었다.

"국민이 투표 말고는 권리가 없으니까."

투표가 국민의 권리라고 한다.

투표를 해서 제대로 된 정치인을 뽑으라고 한다.

"그런데 애초에 정치인으로 제대로 된 놈들이 나오지 않는 상황이죠."

뇌물을 받아 처먹고 범죄를 은닉하고 국민을 개돼지로 생각하면서 선거철만 되면 '한 표만 주십시오.'라고 한다.

그러니 그걸 걸러야 하는데, 국민들은 정책을 보는 게 아니라 정당을 보고 투표한다.

범죄를 박멸하겠다는 정치인보다 혐오 타령을 하는 정치인에게 표를 주고, 제대로 된 정책을 이야기하는 정치인이 아니라 근본도 없이 아파트값을 올려 주겠다는 사람에게 표를 준다.

그리고 공약은 지키지 않아도 그만이다.

오죽하면 공약을 '공허한 약속'이라고 하겠는가.

애초에 지킬 생각도 없이 아무 말 대잔치를 하는 것이다.

시장도 아니고 시의원 선거하는 데서 하는 말이 '실업률을 낮추고 나라 경제를 살리겠습니다.'라는 소리다.

현실적으로 가난은 나라님조차도 구제 못한다고 하는데 고작 시의원이 무슨 힘이 있어 그걸 하겠는가?

"하지만 선거 때마다 나오는 풍경이지요."

"그렇지. 그리고 그걸로 땡이지."

　그렇게 뽑혀서는 성추행을 하고 뇌물을 받고 범죄를 은닉하는 게 정치인들의 일상이다.

"브레이크가 없지요. 아니, 그걸 떠나서, 그들이 만드는 법 중에 국민들을 위한 법이 없어요."

　자기들의 특혜는 초고속으로 통과시키지만 국민들에게 필요한 법은 회기를 넘겨서 폐지되기 일쑤다.

"하지만 대기업에 이로운 건 무섭게 통과시키지요."

"으음……."

"그 차이가 뭐라고 생각하십니까?"

"돈이군."

　대기업과 이권 단체는 돈을 준다.

　불법이지만, 몰래 준다.

"하지만 국민들은 표뿐이지요."

　어차피 국민에게 도움을 만드는 법은 만들어 봐야 돈이 들어오지 않으니 무시하는 것이다.

　지금 대한민국에서 가장 필요한 법 중 하나가 바로 국회의원에 대한 국민소환제이다.

　기껏 뽑은 국회의원이 매국 행위를 하거나 지역에서 범죄

행위를 하거나 해도 국민들은 어떠한 브레이크도 걸지 못한다.

국민소환제란 그런 사람에 대해 불신임을 묻는 제도인데, 국회위원들이 그걸 만들 리가 없다.

"선거철이 되면 국민소환제를 만든다고 하죠."

그래서 뽑아 주면 철저하게 무시하고, 다음 선거철이 되면 또 그걸 만든다고 한다.

"하다못해 발의라도 해야 하는데 할 생각이 없죠."

"그래서 자네는 이걸 일종의 사탕으로 주겠다 이거군."

"맞습니다."

어차피 국회의원이 되면 국민들은 손대지 못하니까 국회의원들은 별의별 짓을 다 한다.

심지어 약속한 법도 안 만든다.

"하지만 국민들이 모여서 포상금을 걸면 이야기는 달라지죠."

노형진의 말을 듣고 있던 무태식은 약간은 미심쩍은 표정이 되었다.

"그게 가능할까요?"

"안 되리라고 생각하시나요?"

"검사와 정치인은 다르지 않습니까. 그쪽은 선출직인데."

"아니요. 다르지 않습니다. 결국 선발하는 건 정치인이니까요."

"정치인…… 아……."

국회의원은 선출직이다.

하지만 그 전에 공천이라는 것을 거쳐야 한다.

"3선이니 4선이니 하지만, 결국 그들은 극소수죠."

대부분은 초선에서 끝나며, 그들은 공천받지 못하면 재야로 돌아가게 된다.

"고정적으로 공천해 주면 공천 헌금이 들어오지 않으니까."

김성식도 안다는 듯 말했다.

하긴, 그는 중수부 부장이었다.

그리고 중수부라는 건 정치인들을 잡던 곳이니 당연히 그들의 속성에 밝을 수밖에 없다.

"현실적으로 대부분의 국회의원이 초선으로 끝나네. 재공천을 받으려면 결국 당의 다선 의원에게 지속적으로 뭔가를 바쳐야 가능한 거지."

"으음, 그런가요?"

"그래. 문제는 결국 정치판도 기업과 똑같다는 거지. 올라갈 자리의 수는 정해져 있는데 들어가려고 하는 사람은 많다는 것."

그런데 그 자리를 3선, 4선의 다선 의원들이 포기할까?

그럴 리가 없다.

결국 남은 건 초선 의원들뿐이다.

제대로 이름도 못 알리고 의정 활동도 하지 못한 채로 사라지는 사람들.

국회의원이지만 급이 다르다는 이유로 시다바리 취급이나 받는 사람들.

"그들이라고 해서 권력에 욕심이 없는 건 아닐 겁니다. 도리어 검사들보다 더 절박하지요."

"검사보다 더 절박하다고요?"

"검사야 변호사 사무실을 차리면 그만이지만 권력의 핵심에 들어가 봤던 사람이 과연 권력을 놓을 수 있을까요?"

권력은 중독이다.

한번 권력을 맛본 사람은 결코 벗어나지 못한다.

당연히 어떻게든 그걸 유지하려고 한다.

그래서 많은 사람들이 무소속으로라도 출마하려고 한다.

"돈이군요."

그런데 무소속으로 나가려면 돈이 필요하다.

공천받으면 선거비용을 당에서 도와주지만 그러지 못하면 돈도 없다.

자비로 다 내야 하는 것이다.

"그걸 노리시는 거군요."

공천받지 못한 사람들.

그들은 재선을 위해서라도 돈과 이름이 필요하다.

"모든 권력을 잃어버리거나, 권력을 조금 포기하고 일부라도 챙기거나."

권력자들의 답은 너무나 뻔하다.

전부 잃어버리기보다는 조금이라도 권력을 챙기려고 할 것이다.

하다못해 돈이라도 챙기려고 할 것이다.

"그리고 그게 그 현상금이라는 거군요."

"네, 맞습니다."

적게는 수천만 원에서 많게는 수십억이 될 돈이다.

어차피 공천은 글렀고 정치 인생도 끝났다면, 그는 그 돈이라도 받으려고 할 것이다.

"임기가 끝나기 전까지 국회의원의 입법권이 사라지는 건 아니죠."

그들은 어떻게든 돈을 받기 위해 국민이 원하는 법을 입법하고 돈을 받으려고 할 것이다.

"정치인들의 상금은 두 가지로 나뉩니다. 첫 번째는 입법 상금, 두 번째는 법률 완성 상금."

입법 자체만 해도 어느 정도의 돈을 주고, 그 법이 제대로 통과되어서 법으로 완성되었을 때 또 어느 정도 돈을 주는 형태로 말이다.

"하지만 그런다고 해서 법이 완성될까요?"

고연미는 미심쩍은 얼굴이 되었다.

"될 가능성도 분명 존재하지."

그런데 대답한 건 김성식이었다.

"생각보다 초선이나 재선에서 공천으로 물먹는 사람들은 많아. 더군다나 여당이든 야당이든 결국 나가는 사람이 있는 건 똑같거든."

"그런가요?"

"그래. 드러나지 않을 뿐 국회의원 선거를 할 때 최소 백 명은 물갈이된다고 볼 수 있네."

"그 정도면 충분히 법률안을 제출할 수 있겠는데요?"

충분하고도 남는다.

다들 단 몇 푼이라도 받으려고 할 테고, 그 완성 금액이 많은 경우라면 당연히 더 많은 사람들이 몰려들 것이다.

"하지만 입법과 법률안 통과는 전혀 다른 거잖아요."

고연미는 여전히 부정적인 생각을 하지 않을 수가 없었다.

입법은 일정 이상의 숫자가 법률안에 서명하고 제출하면 국회에 올라가는 거다.

거기서 국회의원 출석 인원 3분의 2 이상이 동의해야 법으로 효력을 발휘한다.

"가령 국회의원의 권력을 제한하는 법에 대해서는, 공천된 다른 사람들은 절대 동의하지 않을 텐데요?"

노형진은 고개를 끄덕거렸다.

"일반적으로는 그렇지요."

그리고 피식 웃었다.

일반적인 게 아니라, 권력을 잡은 자들이 과연 자신의 권력을 약화하는 데 동의할까?

절대 그럴 리 없다.

"하지만 아무것도 하지 않는 것과 반대하는 건 다릅니다."

"하지 않는 것과 반대하는 것?"

"그렇습니다."

가령 국민소환제를 예로 든다면, 국회의원들은 거기에 반대하지 않는다.

반대한다는 것 자체가 대놓고 권력욕을 드러내는 거니까.

하지만 누구도 그걸 만들려고 하지 않는다.

그러니까 암묵적으로 그걸 만들지 말자는 합의가 이루어졌다는 뜻이다.

실제로 국민소환제에 대해 개별적으로 물어보면 국회의원들은 말로는 다들 필요하다고 하지만, 절대 해당 법안을 입법하지 않는다.

"그리고 그 이후에 또 선거철이 되면 그걸 자기가 만들겠다고 온갖 쇼를 다 하지요."

"아하! 하지만 반대는 전혀 다르군요."

누군가 입법하지 않아서 못 만든 게 아니라, 누군가 입법한 것을 반대한 거다.

"그걸 다음 선거에서 내밀면 국민들이 뭐라고 할까요?"

"아하!"

누가 봐도 그건 기만행위다.

"지금까지 선거는 정책이랑 상관없이 쇼에 가까웠습니다."

하지만 그들이 어떤 법에 찬성하고 반대했는지 공개하기 시작하면 정치판은 바뀔 수밖에 없다.

그리고 그건 딱히 불법이 아니다.

"지금처럼 혐오와 거짓으로 점철된 선거를 치르지는 못하겠군요."

"맞습니다. 사실 이런 제도는 오래전부터 생각해 봤습니다. 이번 기회에 한번 해 보는 것도 나쁘지 않을 것 같습니다."

"깨끗한 정치를 하면 좋은데…….."

노형진은 무태식의 말에 코웃음을 쳤다.

"지금까지 썩을 대로 썩었는데 갑자기 내일부터 깨끗해지라고 하는 게 가능하겠습니까?"

그걸 해결하기 위해서는 점차 깨끗한 곳으로 끌어내야 한다.

"그걸 위한 상금이군요."

"맞습니다."

노형진은 고개를 끄덕거렸다.

"확실히…….."

한국에서 정치는 돈이다. 돈을 준다면 거절할 사람은 없다.

"특히나 돈을 받을 일조차 없다면 더더욱 그럴 수밖에 없지요."

초선 의원은 돈을 받고 싶어도 기회가 없다. 기껏해야 심부름꾼 노릇이나 할 뿐이다.

"큰 거 한 방이라는 게 그런 뜻이었군요."

어차피 모든 걸 내려놓고 나가야 하는 상황이라면?

누구든 뭐라도 챙겨서 나가고 싶어 할 건 당연한 일이다.

"그리고 이번 일이 그 첫 번째가 되겠군요."

노형진은 고개를 끄덕거렸다.

일단 한번 성공하고 나면 여론을 만드는 것은 어려운 일이 아니다.

"티끌 모아 태산이라고 했습니다."

권력자들이 권리를 주지 않으려고 한다면 그들을 돈으로 지배하면 된다.

그게 지금의 대한민국이니까.

그리고 대한민국 전부를 대기업이 이길 수는 없다.

"그러면 일단 검찰부터 손보기 시작할까요, 후후."

노형진은 차가운 눈빛으로 말했다.

⚖️

노형진은 인터넷 모금 사이트를 열었다.

크라우드 펀딩처럼 사람들 중 일부가 의견을 내면 거기에 사람들이 돈을 기부하는 형태의 사이트.

물론 반사회적이거나 혐오성 모금은 금지되었다.

처음에는 제대로 홍보되지 않았기 때문에 제대로 된 모금이 될 리가 없었다. 하지만 상관없다.

"돈이 썩어 나게 많은데 뭐 어때?"

노형진은 히죽 웃으며 말했다.

노형진이 총 다섯 개의 모금을 자비로 열었다.

한 건당 무려 10억씩 걸고 말이다.

"50억이면 세상을 바꾸는 데 충분한 돈이지."

상금도 없는데 누가 그 돈을 노리겠는가?

하지만 상금이 생기고 홍보가 시작되자 상황이 달라졌다.

"얼마?"

"지금까지 23억 모였다."

오광훈은 어이가 없었다.

다섯 건도 아닌 오로지 단 하나, 부패 검사 고발 및 처벌에만 23억의 돈이 모였다.

노형진이 혼자서 넣은 돈이 10억이니 나머지 13억은 국민들이 자발적으로 모았다는 소리다.

"그만큼 국민들도 부패한 검사들에 대해 스트레스를 받고 있었다는 거지."

몰라서 가만두는 게 아니다.

알지만 처벌할 방법이 없어서 지켜보기만 했을 뿐이다.

"그래서 이렇게 금액을 차등한 거야?"

"그래."

부패 검사를 고발하면 20%의 상금을 주고, 부패한 검사를 기자회견 등 다른 방법을 써서 사회에 공개하면 50%의 돈을 준다.

그리고 그가 제대로 사회적 처벌을 받으면 100%의 돈을 준다.

"일종의 로또인 셈이지."

노형진은 그렇게 말하면서 오광훈을 바라보았다.

"그래서 말인데……."

"나 그만두고 그거 받을까?"

"헛소리하지 말고. 특정 검사를 노려서 털 수 있어?"

"캬! 고게 문제네."

노형진의 질문에 오광훈은 키득거렸다.

"일단 이번 건수에서는 노리는 대상이 있다. 차중철 부장 검사."

"그게 누군데?"

"경기 동부 부장검사."

아직 검사 내부에서 반란의 모습은 보이지 않고 있다.

하긴, 첫 상금이고 제대로 준다는 보장도 확실하게 되어 있지 않은데 섣불리 자기 커리어를 걸려고 하는 사람은 없을 것이다.

더군다나 인사철도 아니라, 자신이 승진할지 아니면 나가리가 될지 알 수 없는 상황이니까.

"사람들에게 확실하게 보여 주려면 그놈을 잡아야 해."

노형진은 의뢰받은 사항을 이야기해 줬고, 그걸 들은 오광훈은 심각한 눈치가 되었다.

그도 노형진과 오래 일하면서 눈치가 제법 빨라졌기 때문이다.

"음…… 그렇다면 나가리가 될 검사 하나가 필요하겠네."

"맞아. 누군가 처음으로 받고 주었다는 보증이 있어야 사람들이 달라붙기 시작할 테니까."

"나가리가 될 예정인 검사라……."

"굳이 정의롭지 않아도 된다."

오광훈이 놀란 얼굴로 노형진을 쳐다봤다.

"정의롭지 않아도 된다고?"

"쥐새끼를 잡는 데 꼭 좋은 칼을 쓸 필요는 없지. 도리어 좋은 칼은 검찰 내부에 남기고, 썩어 가는 칼을 이용해서 쳐 내는 게 장기적으로는 검찰 개혁을 위해서 좋아."

"정의롭지 않아도 된다라……."

노형진의 부탁에 오광훈은 잠깐 고민했다.

그도 검사로서 이런저런 소문은 듣고 있기 때문이다.

"적당한 인물이 하나 있기는 하네."

"누군데?"

"박용걸 검사."

"처음 듣는데?"

"질 좋은 놈은 아니야. 애초에 고위 검사도 아니고."

박용걸은 법이 바뀐 이후에 로스쿨 출신으로 선발된 검사다.

그런데 그는 능력에 비해 욕심이 과했다.

"결과적으로 말해서 욕심이 인생을 망쳤지."

사건 하나를 물었는데 뇌물을 받고 무마해 주려고 했다.

사실 대부분의 검사가 알음알음 하는 짓이다.

"그런데 이놈은 룰을 모른 거야."

사건을 무마하면 나중을 위해서라도 위쪽 라인에 일정 금액을 주는 게 검사다.

그런데 로스쿨 출신인 그는 그런 룰을 몰랐고, 사건을 혼자서 무마하고 혼자서 다 먹어 버렸다.

"그으래?"

노형진은 호기심이 동했다.

딱 들어 봐도 욕심이 많다. 그런 놈에게는 돈이 절대적인 힘을 발휘한다.

"그러다가 걸렸어."

"언론에?"

"아니, 그건 아니고 상부에."

상부에서는 당연히 노발대발했다.

초임 검사다. 검사가 된 지 채 1년도 안 된 놈이 무려 1억을 혼자서 해 처먹었으니까.

"외부에 나가는 건 막았지만 결국 돈은 다 토해 냈지."

다 토해 낸 정도가 아니라, 선임된 지 1년도 안 된 상황에서 결국 해직당할 수밖에 없게 되었다.

"오호, 그렇단 말이지?"

"그래."

"그 소문은 어떻게 들었냐?"

"소문이 파다하다. 이 정도로 간땡이가 부은 검사는 처음이니까."

"그러면 그 검사 연락처 좀 알 수 있냐?"

"그 애를 쓰려고?"

"그림이 제법 좋게 나올 것 같아서, 후후후."

노형진의 눈에서는 빛이 번쩍거렸다.

⚖️

박용걸은 호탕하게 생긴 남자였다.

얼굴도 잘생기고 목소리도 좋았다.

'여자에게 인기가 많겠네.'

하지만 한편으로 그는 눈에 가득한 탐욕을 숨기려고 하지도 않았다.

'생각도 짧은 편이고.'

만일 생각이 깊은 사람이라면 어떻게든 자신의 자리를 지키려고 할 것이다.

현실적으로 사법시험은 폐지될 수밖에 없으니 결국 먼 미래에는 검찰 내부를 로스쿨 출신이 차지할 수밖에 없다.

그리고 그는 그런 로스쿨 출신 초기 검사이기 때문에 잘 버티면 검찰총장도 가능하다.

'하지만 결국 당장 눈앞의 욕심에 무너졌단 말이지.'

즉, 생각이 짧아서 이용하기도 쉽다는 말이다.

"그 돈을 나에게 준다고요?"

아니나 다를까, 노형진이 미끼를 던지기 무섭게 박용걸은 꼴딱 삼켰다.

이건 떡밥을 뿌릴 필요도 없는 정도다.

"그렇습니다. 적지 않은 돈입니다만."

"그리고 그 조건이 검사를 노리는 거라고……?"

"정확하게는 검사들의 수법을 공개하는 겁니다."

단순히 한 검사를 노리는 것과 수법을 공개하는 건 전혀 다르다.

검사를 하나 처벌하는 건 그 사건으로 끝이지만, 수법을 공개하면 지금까지 똑같은 방식으로 돈을 빼앗던 수많은 검사들이 더 이상 그 수법을 쓰지 못하게 된다는 소리다.

"아, 그 수법에 대해서는 저도 선배에게 들었습니다. 제법 짭짤하다고 하더군요."

'참 좋은 거 가르친다.'

박용걸은 검사가 된 지 1년도 되지 않았다.

그런데 그런 그에게 부패하는 방법이나 알려 주는 검사들의 세계에, 노형진은 혀를 끌끌 찰 수밖에 없었다.

"우리가 노리는 건 차중철 부장검사입니다. 그가 이번에 태백공업을 노리더군요. 그 뒤에는 두한이 있고요."

"두한이라······."

박용걸은 히죽 웃었다.

"무섭지 않으십니까? 상대방은 두한입니다."

썩어도 준치라고, 지금은 힘이 좀 빠졌다지만 두한은 여전히 강력한 힘을 가진 대기업이다.

대부분의 검사는 두한이라는 말에 일단 발부터 빼려고 한다.

"대기업이라면 빼먹을 게 더 많겠네요."

'미친놈.'

벌써부터 빼먹을 생각을 하는 박용걸을 보면서 노형진은 혀를 내둘렀다.

'이런 놈이 검사라니. 진짜 인성 검사를 도입해야 하는데.'

하지만 그걸 도입할 생각이 없는 검찰이니 현재로써는 어쩔 수 없는 상황이다.

"그러면 제가 어떻게 해야 하나요?"

"불미스러운 일로 퇴직해야 한다고 들었습니다."

"아, 뇌물을 좀 받았습니다. 혼자 꿀꺽하다가 걸렸습니다, 하하하."

아예 감출 생각도 하지 않고 당당하게 말하는 박용걸을 보면서 노형진은 누군가가 생각났다.

'이거 완전 남상진과네.'

자신의 부패에 당당한 놈들.

"재수 없게 걸려서 잘리는 거죠, 뭐. 그래서 그렇잖아도 변호사 생활을 하려면 돈이 필요한 참이었는데 완전 땡잡았네요."

"글쎄요. 과연 나갈 수 있으실까요?"

"네?"

"과거의 잘못이 걸려서 나가라고 했다면서요?"

"그건 그렇습니다만."

"그게 공식 기록입니까?"

"그건 아닙니다."

만일 걸렸을 때 바로 나가라고 했다면 문제가 되지 않았을 것이다.

그냥 공식적으로 박용걸을 쫓아내면 그만이었을 테지만, 상부 검사들은 그렇게 하지 않았다.

박용걸이 받은 돈을 좋게 말하면 환수, 나쁘게 말하면 자신들이 빼앗고, 그 대신에 박용걸은 조용히 퇴직 형태로 나가도록 했다.

말로는 검찰의 명예를 위해서라고 하지만 현실적으로 보면 명예가 아니라 돈을 위해서다.

"제 계획은 이겁니다. 작전명, 명예로운 죽음."

"명예로운 죽음?"

"그렇습니다. 사실 검찰 내부에 족칠 놈들이 많거든요."

"그래서요?"

"그런데 그걸 할 수 있는 사람이 없습니다."

물론 스타 검사를 쓸 수도 있다.

하지만 스타 검사의 목적은 궁극적으로 잘 성장해서 검찰 내부를 장악하는 것이다.

그에 반해 이번 작전에서 쓸 검사는 언제든 목이 날아갈 각오를 해야 한다.

"그러니 누군가 검사를 전담해서 족치는 담당이 있어야 합니다. 철저하게 상부 무시하고 승진 포기하고, 오로지 검사만 족친다는 일념하에 버티는 사람요."

"그걸 저보고 하라고요? 전 그렇게 신념이 있는 사람은 아닌데요."

역시나 단호하게 거절하는 박용걸.

그러나 노형진은 이런 타입의 사람을 통제하는 법을 안다.

"신념은 없으시겠지만 욕심은 있으시지요."

노형진이 씩 웃으며 말했다.

"관련 사건이 터져서 검사들 모가지를 칠 때마다 포상금 형태로 돈이 지급될 겁니다."

"호오, 자세하게 이야기를 들어 보죠."

"지금과 같습니다."

검사동일체의원칙. 모든 검사는 검찰 전체와 동일하게 본다.

"하지만 박용걸 검사님은 이제 거기서 제외되셨지요."

오로지 쫓아낼 사람이다.

"당연히 전관예우는 꿈도 못 꾸고요."

사실 나가서 변호사를 해도 전관예우는커녕 불이익을 줄 게 뻔하니 이길 수 있는 싸움까지 지게 될 가능성이 훨씬 높다.

"아, 하긴 그렇겠네요."

그는 인정할 수밖에 없었다.

일단 찍혔으니 검사와 판사가 자기를 좋게 볼 리가 없다.

"그러니 차라리 막나가는 거죠."

"막나가요?"

"명예롭게 나갈 각오를 하고 까발리는 겁니다. 그런데 조직이라는 게 참 우스워요. 나간다고 해서 잘라 버리면, 그때는 조직의 부패를 인정하는 꼴이 되거든요."

당장 박용걸이 검사에 대한 비리를 터트리고, 그 이후에 해직당하면 어떻게 될까?

이것이 법이다

"국민들이 보기에는 그건 대놓고 보복이거든요."

지금까지 대한민국에서 검사는 적격 심사를 통해서 그 직무가 연장된다.

그런데 그 적격 심사에서 떨어져서 검사가 해직당한 건 딱 한 번뿐이다. 대부분의 경우 나가라는 압력을 통해 내보낸다.

게다가 그 사람도 뭔가 범죄를 저질러서 해직된 건 아니었다.

도리어 범죄를 저지른 검사들, 즉 뇌물을 받거나 성 상납을 받거나 한 검사들은 모두 통과되었다.

적격 심사에서 떨어져 해직된 검사의 경우는 그가 검찰에 쓴소리를 했기 때문이다.

검사는 고발되어도 조사조차 받지 않는 시스템에 문제를 제기했고, 그해에 그는 해직 결정이 났다.

'몇 년 후에는 소송으로 복직하지만.'

문제는 그런 보복이 검찰에서 계속된다는 것이다.

검찰은 검찰 내부를 개혁하려고 하거나 기득권에 대해 저항하는 검사는 적성 부적격이라는 이유로 해직 처리를 계속한다.

즉, 검찰에서 요구하는 검사의 적성은 탐욕과 이기심 그리고 권력욕이라는 거다.

"호오?"

"이른바, 명예로운 죽음인 겁니다."

어차피 나갈 거다.

하지만 이쪽은 정의롭게 수사하다가 잘렸다는 이미지가
생긴다.

"그 이후에 전관예우를 못 받는 건 물론 재판에서 불이익
을 받아도 사람들은 이게 보복이라고 생각하게 됩니다."

그러니 판사나 검사도 섣불리 박용걸을 공격하지 못한다.

애초에 박용걸을 쉽게 자를 생각도 못 하게 된다.

"그러면 제가 남게 될 가능성이 크네요?"

"맞습니다."

그렇게 되면 그는 검찰에 남게 된다.

그리고 여기서부터 검찰은 대가리가 깨지게 된다.

"우리는 부패 검사의 정보가 올라오면 무조건 현상금을 걸
겁니다."

"다른 검사는 그렇게 하지 않겠지만 내가 그렇게 하면?"

"박용걸 검사님은 목숨을 걸고 부패와 싸우는 셈이지요."

"흠, 전 그렇게 착한 놈이 못 되는데요."

'안다, 이 새끼야.'

초임이 뇌물을 받아 처먹었다는 부분에서 노형진이 그의
성향을 모를 수가 없다.

그러나 노형진은 그것도 어쩔 수 없다는 것도 안다.

"필요악이라는 게 있지요."

"필요악?"

"검찰을 개혁하기 위해 많은 사람들이 노력했습니다. 하지만 다 실패했습니다. 왜일까요?"

"글쎄요."

"다들 정의롭게 행동하려고 했거든요."

법을 지키는 부패 검사들은 온갖 법을 어기면서 상대방을 망하게 하려고 하는데, 개혁하려고 하는 사람들은 자기가 깨끗해야 한다는 생각에 정공법과 합법만 쓰려고 했다.

애초에 부패한 자들과 권력자들을 위해 만들어진 법이 대부분인 상황에서는 당연히 이길 방법이 없는 셈이고, 결국 검찰이나 법원 개혁은 물 건너갈 수밖에 없다.

"그래서 필요악을 만드는 겁니다."

"필요악이라……."

"세상에는 필요악이 존재합니다. 그걸 부정하는 사람들은 세상을 모르는 이상론자입니다."

가령 전쟁을 없애려고 하는 사람이 있다.

그들은 전쟁터에서 벌어지는 전투는 살인 행위라며, 군대를 없애면 세상에 평화가 올 거라 생각한다.

"하지만 힘이 없는 평화는 무너질 수밖에 없습니다."

당장 군대를 없앤다고 치자.

그러면 다른 나라가 '아이고, 감동적이군요.'라면서 자기네 군대도 없앨까?

그럴 리가 없다. 당장 침을 질질 흘리면서 침략하고 재산을 빼앗고 여자들을 강간할 것이다.

그래도 어떻게든 전 세계의 군대를 다 없앴다고 하자.

그러면 범죄자들이 범죄 집단을 안 만들까?

그들이 총질하는데 경찰은 사랑을 외치며 그저 맞아 죽어야 할까?

무장을 불법화한다?

법을 지키면 그게 범죄자이겠는가?

애초에 그걸 강제할 수 있는 힘이 없는 법을 지키는 놈이 있을까?

실제로 규칙은 존재하나 처벌 조항은 없는 법들이 있는데, 그런 법들은 대부분 지켜지지 않는다.

당장 일본에는 외국인 혐오 금지법이 있다.

정확하게는 한국인과 재일 한국인들에 대한 혐오를 막기 위해 만들어진 법이다.

그런데 웃긴 게, 이 법에는 처벌 조항이 없다.

그 결과가 뭔가? 사방에 극우 세력과 한국 혐오 세력이 판치고, 정치인들조차도 혐한을 통해 권력을 강화하는 것이었다.

힘이 없는 법은 누구도 지키지 않는 게 현실이다.

결국 경찰이 총을 들게 되고, 군대를 없애면 세계 평화가 온다는 말이 개소리라는 것만 증명할 뿐이다.

"부패한 검사들을 없애기 위해서는 이쪽도 썩어야 합니다.

저쪽과 마찬가지로 합법과 불법 사이에서 움직여야 하지요."

"그 대신 돈을 주겠다 이거군요."

"맞습니다."

"그러다 제가 잘리면요?"

"새론에서 받아들이지요."

노형진은 웃으며 말했다.

그가 결국 잘릴 정도쯤 되면 그는 동료 검사의 목을 날리는 정의로운 검사로 이름을 날리고 있을 테고, 본성이야 어떻든 간에 그 이미지는 쓸 만하다.

"검사나 판사를 수사했다고 변호사 자격을 박탈하지는 못하니까요."

"오오."

박용걸의 눈이 커졌다.

새론의 조건이 좋은 건 유명한 이야기니까.

"검사부터 판사 그리고 국회의원까지, 무차별적으로 노리시는 겁니다."

"그때마다 포상금을 받고요?"

"설마 지금 나가서 그 정도 돈을 벌 수 있을 거라고 생각하십니까?"

"아니요."

돈을 받을 생각에 히죽거리면서 웃는 박용걸.

'세상에 필요한 건 영웅만이 아니지.'

때로는 간웅이 세상을 변화시킬 수 있다.

정정당당하고 정의롭지는 못하지만, 간사하고 이권에 밝은 자들.

그들이 때로는 세상을 바꾸기도 한다.

문제는 결국 대부분의 간웅은 부패로 넘어간다는 것이다. 이권에 밝으니까.

즉, 그 이권을 조절할 수 있다면 간웅은 이용하기에 딱 좋은 도구라는 걸 의미한다.

'간웅이 없다면 내가 만들면 되는 거다.'

노형진은 그렇게 생각했고, 박용걸은 거기에 딱 맞았다.

"이건 명예로운 죽음이라기보다는……."

박용걸은 히죽 웃었다.

"날 명예롭게 죽이라고 도발하는 건데요?"

"맞습니다. 그게 바로 내가 박용걸 씨에게 바라는 겁니다."

"돈만 주신다면야."

박용걸은 눈을 반짝이며 말했다.

"누구든 쳐 내 드리지요, 후후."

한국 검찰의 간웅 박용걸은 이렇게 등장했다.

간웅이란 이런 것

검사의 기자회견. 사실 그리 잦은 일은 아니다.

하물며 고작 평검사가 나서는 것은 쉽지 않다.

그런데 평검사가 나서서 기자회견을 한다는 말에 제법 몰려든 기자들.

그 앞에서 박용걸은 하얀 봉투를 꺼내 들었다.

-이건 제 사표입니다. 저는 이번 사건에 일단 제 목을 걸고 시작하겠습니다.

다짜고짜 사표를 걸고 시작하는 기자회견에 기자들은 관심을 품었고, 이야기는 빠르게 속보로 전해졌다.

－이번 내사 결과 부패한 검사가 기업인들로부터 어마어마한 돈을 뜯어내고 있다는 사실이 드러났습니다.

－검찰에서 돈을 뜯어낸다고요?

－그렇습니다. 합법과 불법을 넘나들며 기업인들을 압박하여 돈을 갈취하고, 혹은 기업을 망하게까지 하고 있습니다.

－그게 가능합니까?

－가능합니다. 그 방법을 여기서 공개하겠습니다. 이 방법으로 피해를 입은 분들은 저에게 와서 고발해 주시면 됩니다. 저는 이 사건을 제 검사의 명예와 자리를 걸고 수사할 생각입니다. 아, 물론 변호사로서의 목숨도 거는 겁니다. 제가 여기서 수사하고 나가서 변호사가 된다 해도 보복이 들어오는 건 당연한 일이니까요.

기자회견장은 술렁거렸고 박용걸은 계속 말을 이어 갔다.

－일부 검사가 돈을 뜯어내는 방법은 이렇습니다.

그의 말이 길어질수록 기자들은 다급하게 속보를 날렸고, 몇몇 기자들의 얼굴에는 당혹감이 서렸다.

그럴 수밖에 없는 게, 기자들도 비슷한 방법으로 돈을 갈취하곤 했으니까.

TV로 기자회견을 보던 오광훈은 기가 막힌 표정을 지었다.

이것이 법이다

"저 새끼, 간땡이가 부었네."

"다행인 거지. 저 애가 높은 곳에 갔어 봐."

그는 욕심이 있기는 하지만 높은 곳에 갈 능력은 안되었다. 그래서 만들어진 간웅으로 쓰기에 딱 좋았다.

"일단 현직 검사가 검찰의 돈벌이 방법을 기자회견을 통해 공개해 버렸으니 검사들은 미칠걸."

똑같은 방법을 쓰면 사업가들이 귀신같이 알아챌 것이다.

"그동안에는 그런다고 해도 사실 고발할 곳이 없었거든."

고발하면 뭐 하나, 다 같은 검사인데.

하지만 이제는 상황이 달라졌다.

그걸 조사하겠다는 검사가 나타난 것이다.

더군다나 그는 검사의 자리뿐 아니라 변호사로서의 인생까지 걸었다.

"그런데 말이야, 저런다고 해서 처벌이 되겠어?"

오광훈은 고개를 갸웃하며 물었다.

검사가 다른 검사를 조사한다고 해서 꼭 그 검사가 처벌받는다는 의미는 아니다.

그를 기소는 할 수 있을지언정, 범죄 여부를 판단하는 건 판사이기 때문이다.

그리고 판사와 검사는 특별한 일이 없는 한 아주 친밀하다.

"그건 그렇지. 그래서 간웅이 필요한 거야."

"그래서 간웅이 필요하다고?"

"응. 사법재판은 그들의 손에 있지만 인민재판은 국민의 손에 달렸거든."

"그게 무슨 소리야?"

"박용걸에게 이야기해 놨어. 사건의 전반적인 내용은 모두 언론에 공개하라고."

피의자가 누군지는 공개하지 못하겠지만 담당 재판부와 누가 판결하는지, 또 누가 그를 편들어 주는지, 심지어 그를 위해 누가 탄원서를 제출하는지까지 모두 공개될 것이다.

"이게 애매하거든."

피의 사실 공표는 불법이다.

하지만 법에 위반되는 사항임에도 불구하고 검찰과 경찰은 대놓고 무시했다.

"그러나 판사가 누군지 공표하는 건 불법이 아니야."

엄밀하게 말하면 관련 규정이 없다.

애초에 판사는 사건 번호만 알면 나올 수밖에 없다.

판사를 밀실에서 정하면서 자기들끼리 '뽑빠이' 하니까.

말로는 랜덤이라고 하지만 사실 주요 사건은 랜덤이 아니라 정해진 판사에게 부여된다.

"결국 모든 걸 공개하면 부패한 검찰 입장에서는 환장하는 거지."

자르는 순간 범죄 은닉이라는 소리를 들을 게 뻔하니까.

"자른다고 해도 부패한 검사는 넘쳐 나. 나가는 검사도 넘쳐 나고. 부패한 상부는, 일대일로 싸우게 되면 결국 소모될 수밖에 없지."

가령 이번처럼 부장검사를 쳐 낸다고 하자.

일대일로 찌르면 평검사 하나가 날아간다.

그런데 평검사의 숫자는 부장검사의 열 배가 넘는다.

"일대일 같지만 사실 교환비로 보면 아주 개판이 되는 거지."

대놓고 언론에서 부패 검사로 찍혔으니 승진은 물 건너가는 거다.

"와, 독한 새끼. 그런 생각도 하고 있었던 거냐?"

"어차피 나가리 되는 검사가 한두 명이냐?"

사실 검사가 나가면 다 변호사가 될 거라고 생각하지만, 종종 그러지 못하는 사람들도 있다.

특히 내부 고발이나 상부에 반발해서 찍힌 사람들은 다른 쪽으로 가는 경우가 많다.

현재 검찰은 내부 고발을 하는 사람들이 부패해서 나가는 사람보다 더 혹독하게 다뤄진다.

"하지만 저 새끼도 좋은 놈은 아닌데……."

오광훈은 그렇게 말하면서 박용걸을 바라보았다.

뇌물을 받아 혼자 처먹은 게 문제가 되어서 나가라고 찍혀 버린 상황이다.

지금 방송에서 착한 척한다고 해서 그 문제가 사라지는 것은 아니다.

"이미 그 문제는 해결해 났다."

"어떻게?"

"아, 이제 시작하네."

노형진의 말에 다시 방송에 집중하는 오광훈.

―사실상 검찰 내부에서 반기를 드는 셈인데요. 평검사로서 부담스럽지 않습니까? 왜 갑자기 그런 생각을 하게 되었나요?

―얼마 전 제가 담당하는 사건에 관해 압력이 내려왔습니다. 돈을 받고 사건을 무마하라는 겁니다. 저는 일단 따랐습니다만, 이건 아니라는 생각이 머리에서 떠나지 않았습니다. 그래서 마음을 바꿔 먹었습니다. 제가 비록 평검사이기는 하나, 검사로서 정의감을 버린 것은 아닙니다.

그 말을 들은 오광훈은 입을 쩍 벌렸다.

"자진 납세라는 게 있지, 후후후."

내가 뇌물을 받기는 했다, 하지만 그건 내가 받은 게 아니다, 위에서 시켜서 한 거다……라는 식의 말.

"야, 저거 저 새끼가 받은 거 아냐?"

"맞아. 그런데 증거 있어?"

"어?"

"증거 있느냐고. 어차피 돈 다 뜯겼다면서?"

이것이 법이다

"어…… 그렇지?"

돈을 뜯어 간 상부에서 증거를 남겼을 리가 없다.

증거라고 할 만한 것은 결국 계좌 이체 내역인데, 그건 박용걸이 그들에게 돈을 줬다는 걸 뜻할 뿐이다.

즉, 검찰에서 그걸 걸고넘어지면서 해직하지는 못하게 된다는 거다.

그걸로 해직하기 위해서는 위에서 돈을 받아 간 고위 검사까지 잘라야 한다.

공식적으로는 그들이 시킨 셈이 되니까.

그렇다고 '원래는 박용걸이 혼자 처먹은 건데 그 돈을 빼앗았습니다.'라고 할 수도 없는 노릇 아닌가?

그렇게 발표한다고 한들 과연 누가 그 말을 믿어 줄까?

이미 검찰의 이미지는 엉망이 됐고, 박용걸은 정의로운 이미지를 뒤집어썼다.

"와, 검찰이 난리가 나겠군."

검사 하나가 미쳐서 날뛰겠다고 공언했다.

"세상에서 안전해지는 방법은 두 가지지. 하나는 철저하게 숨는 것, 다른 하나는 적을 공개하고 대놓고 활보하는 것."

후자라면 적이 누군지 특정되어 있기 때문에 오히려 더 건드릴 수가 없다.

"아마 볼만해질 거다, 후후후."

검찰은 난리가 났다.

수십 년 동안 꿀 빨아 오던 방식이 미친놈 하나 때문에 공개된 것이다.

"씨발. 이거 어쩌지?"

특히나 태백공업을 족치고 있던 차중철은 더 환장할 지경이었다.

태백공업만 자빠트리면 태백공업 주식의 10%을 받기로 했다.

땡잡았다고 생각했는데, 알고 보니 이게 땡잡은 게 아니라 자폭하는 지름길이었다.

누가 봐도 자신을 노린 일이 벌어져 버렸으니까.

"박용걸 이 새끼는 뭐래?"

당연히 주변에서는 박용걸을 말리려고 했다.

내치려고 했지만, 방송에서 사표까지 찢으며 '나는 나갈 생각이 없습니다. 내가 검찰에서 쫓겨나는 것은 누군가에게 쫓겨나는 때뿐입니다.'라고 하는 바람에 자를 수도 없게 되었다.

자르는 순간 그가 하는 수사가 사실이며 그걸 막기 위해 자른 거라는 소리가 돌 테니까.

"말을 듣지 않습니다. 좆같아서라도 한번 뒤집어야 한다고……."

"아, 씨발. 오광훈 그 미친 새끼가 좀 잠잠해지나 싶더니 저 새끼는……."

그나마 '그 오광훈'도 어지간하면 검사는 건드리지 않았다. 같은 식구라고 말이다.

그런데 박용걸은 방송에서 대놓고 '검찰과 판사를 족치겠습니다.'라고 선포했다.

"이 미친놈을 어떻게 하지?"

"일단 한직으로 몰아내고 잠잠해지면 잘라야 하지 않겠습니까?"

"한직이라고 해서 수사권이 사라지는 건 아니잖아."

"그건 그렇습니다만, 일단 수사관들을 우리 사람으로 채우면 제가 어쩔 겁니까?"

내부 고발자나 정의로운 검사를 날려 버리는 방법은 다름 아닌 수사관을 부패한 사람으로 채우는 거다.

아무리 검사가 난리를 피운다고 해도 수사관이 도와주지 않으면 수사는 불가능하다.

"스타 검사들이야 새론 놈들이 있어서 효과가 없다지만 저 놈은 독고다이입니다. 어차피 누가 도와주지 않으니까 자기 혼자 지랄하다가 멈출 겁니다."

"그러겠지?"

"그렇습니다."

"그런데 저 새끼는 왜 저러는 거야?"

"부패 검사 현상금 때문이라는 이야기가 대부분입니다."

부패 검사 현상금.

국민정치참여재단이라는 사이트에서 자신이 지지하는 정책이나 조건에 기부금을 걸고 그걸 시도하거나 시행해 주는 사람에게 지급하는 파격적인 제도를 운영하기 시작했는데, 그곳에서 부패 검사 현상금이라는 것을 건 것이다.

현실적으로 정치인들에게 돈을 준다고 해도 그 정치인이 그 정책을 옹호해 줄 가능성은 없다.

기업이라면 돈이라도 많이 주니 또 모른다.

하지만 국민들의 의견은 귓등으로도 듣지 않는다. 돈이 안되니까.

그러자 저 국민정치참여재단, 사람들 사이에서는 '국민 브로커'라고 불리는 작자들은 모금해서 돈을 주는 쪽으로 바꼈다.

"그 때문에 각 정당의 후원금이 많이 줄었답니다."

"벌써?"

"벌써가 아니라, 정당마다 목표가 다르지 않습니까?"

가령 어떤 법을 지지하는 사람이 있다고 치자.

당연히 그는 동일한 법을 지지하는 국회의원에게 돈을 주고 싶어 한다.

하지만 그 국회의원이라고 해서 100% 마음에 드는 건 아니다.

특정 주제에 대해서는 후원자의 의견과 반대되는 입장이 될 수도 있으니까.

쉽게 말해서 울며 겨자 먹기로 선택한다고 할까?

"빌어먹을. 그게 우리한테까지 불똥이 튈 텐데."

그런데 이제는 사람이 아닌 정책을 후원할 수 있게 된 것이다.

마음에 안 들면 안 주면 그만인 셈.

"더군다나 말장난에 놀아나는 것도 아닐 테고."

정치인들은 뭔가를 하겠다고 말로는 약속한다.

하지만 당선되거나 돈을 받고 나서는?

국민들에게 서슴없이 개돼지라고 한다.

노형진은 홍안수 문제로 고민한 끝에 민주주의의 발전이 필요하다고 결론을 내렸다.

대통령이 바뀌었고 민주주의가 발달할 기회를 그가 빼앗았으니, 다른 식으로 기회를 주려고 하는 것이다.

"국민들이 똑똑해지는 건 반갑지 않은데."

누군가에게 정치자금을 주는 게 아니라 정책에 정치자금을 주기 시작할 테니 국민들은 시간이 지나면 자연스럽게 정책으로 심판하게 될 테고, 부패와 협작으로 살아온 자들은 발을 붙일 수가 없게 된다.

"당분간 그쪽 수사관들에게 손도 까딱하지 말라고 해."

"알겠습니다."

"박용걸, 네가 얼마나 버티는지 두고 보자."

차중철은 이를 빠드득 갈았다.

하지만 노형진은 그런 차중철의 머릿속을 다 읽고 있었다.

당연히 박용걸에게 해결책을 알려 줬다.

그리고 그 해결책은 심각하다 못해 나라를 발칵 뒤집을 정도였다.

-그래서 수사하지 않을 겁니까?

감춰진 카메라에 찍혀 있는 모습.

자리에 앉아 있는 검사와 그에게 정면으로 반발하는 검찰 수사관.

검사의 합당한 수사 명령에 검찰 수사관이 반기를 드는 초유의 사태.

-작작 하시죠, 박 검사님. 위에서 불편해하십니다.

-이봐요, 당신 상관은 나야. 수사할 게 있으면 해야지. 불편? 불편?

-어차피 당신은 나가리고 우리는 아무것도 하지 않을 테니까 그

렇게 아십시오. 뭐, 수사하고 싶으면 알아서 하시든가.

검찰 수사관이 현직 검사에게 정면으로 반기를 드는 충격적인 장면을 보면서 기자들은 입을 쩍 벌렸다.

"보다시피 제 아래에서 일하는 모든 수사관들이 수사를 거부했습니다."

다른 사람도 아닌 자기 부하를 고발하는 비정한 모습을 보이면서 기자회견을 자처한 박용걸.

하지만 누가 봐도 저 모습은 정상이 아니었다.

다른 사람도 아니고 수사를 명령하는 검사에게 수사관이 정면에서 거부했다.

"이는 이 검찰의 부패가 단순히 검사의 문제를 넘어서 검찰 조직, 심지어 검찰 내 수사관과 일반 행정직 직원에게까지 퍼져 있다는 증거입니다. 이에 저는 읍참마속의 심정으로 제 부하들에 대하여 지금부터 조사를 진행하겠습니다. 또한 검찰 수사관에게 부당한 대우를 받았다고 생각한 분들이 저에게 이야기해 주신다면 그들에 대한 조사 역시 진행하겠습니다. 이 모든 것은 검찰이라는 조직이 스스로 깨끗해지기 위한……."

기자회견을 하는 도중에도 노형진에게 맡겨진 박용걸의 핸드폰은 미친 듯이 울리고 있었다. 동료 검사에서부터 부하 수사관의 전화까지.

―야, 이 미친놈아! 그만해!

―박 검사님, 잘못했습니다!

―한 번만 살려 주세요, 박 검사님!

노형진은 슬쩍 그 문자들을 보고는 피식 웃었다.

'멍청한 놈들은 답이 없다니까.'

그렇게 나올 줄 알았다.

그래서 수사관이 수사를 거부하는 증거를 모아 두도록 했다. 그걸 공개했으니 수사관들은 모가지가 날아갈 수밖에 없다.

이건 징계로 끝날 상황이 아니다.

현직 검찰 공무원이 범죄 은닉에 걸렸으니까.

거기에다 얼굴이 그대로 공중파와 언론에 나갔다.

사회적으로 매장당하는 건 당연한 일.

"이에 저는 눈물을 머금고 제 부하들을 모두 부패 혐의로 조사할 수밖에 없습니다. 애석하게도 이 부패를 사주한 검사가 누군지 알 수 없기에 제가 직접 수사를 진행하겠습니다. 제 명예를 걸고, 관련 수사관들을 어떻게든 교도소로 보내겠습니다."

수사관에서 피의자가 된 자들.

그들을 취조하는 게 다름 아닌 전 상관이다.

외부의 명령을 받고 저항했던 자들은 억울하겠지만 어쩌겠는가, 자신들이 초래한 결과인 것을.

결국 그들은 실형을 피할 수 없을 테고, 교도소에서 수사관 출신이라고 하면 무슨 꼴을 당할지 예상하는 건 어렵지 않았다.

"또한 이번 건과 관련해서 국민 여러분들의 도움을 받고자 합니다. 현재 검찰청 내부에서 부패 검사에 대한 조사를 막고자 하는 세력이 워낙 많기 때문에 수사가 제대로 진행되지 않고 있습니다. 이에 저는 국민들 중에서 관련 자료를 가지고 계시거나 부패의 증거를 가지고 있는 분들이 적극적으로 자료를 가져다주시기를 부탁드립니다. 검찰 내부에서 소각될 여지가 있기 때문에, 그 모든 증거는 확인 후 언론과 인터넷을 통해 무조건 공개하겠습니다."

대놓고 검사가 검찰을 믿지 않겠다는 발표. 검사동일체의 원칙을 주장하던 검찰 입장에서는 미치고 팔짝 뛸 일이었다.

"국민 여러분, 개혁은 여러분들의 제보로 이루어집니다. 부패한 검사에 대해 자료를 가지고 계신 분은 기꺼이 제공해주시기 바랍니다."

어떻게든 범죄를 은닉해야 하는 상황에서 증거부터 일단 까고 시작한다는 검사의 기자회견 또한 검찰 입장에서는 미치고 팔짝 뛸 일이었다.

검사가 뭔가를 할 때 필수적인 것이 바로 언론에서 입 닥치고 있는 것이기 때문이다.

그런데 그게 불가능하게 된 것이다.

"고생했습니다."

기자회견을 끝내고 나오는 박용걸을 보며 노형진이 피식 웃었다.

"별말씀을요. 아, 그리고 돈은⋯⋯."

"약속대로 비밀 계좌에 넣어 놨습니다."

대놓고 기자회견을 하고 수사에 들어간다고 한 이상 10% 의 돈을 그에게 줘야 한다.

어차피 기부금이기에 노형진은 기꺼이 그에게 넘겼다.

"검찰에서 뭐라고 하던가요?"

"찍소리도 못 하던데요."

건드리면 그것도 기자회견할 상황인지라, 자르지도 못하고 경고도 못 하고 그냥 구경만 하는 검찰.

"뭐, 제 뒤를 털어서 절 잘라 버리려고 하는 것 같지만."

하지만 박용걸은 임용된 지 채 1년도 되지 않은 초임이다.

딱히 털어서 잘라 버릴 정도로 큰 건이 없다.

자잘한 건이 있기는 하지만 현재 여론을 타고 있는 박용걸 이 위에서 시켜서 어쩔 수 없이 한 거다, 그게 싫어서 반기를 든 거라고 한마디만 하면 끝이다.

"그냥 위에서 시켜서 했다는 말과 반기를 든 건 전혀 다르 지요."

위에서 시켜서 한 거라는 말은 변명이다.

그리고 국민들은 변명을 그다지 좋아하지 않는다.

이것이 법이다

"하지만 반기를 든 이상 국민들은 박용걸 검사의 말이 맞다고 생각하거든요."

인생을 걸고 싸우고 있는 사람을 부정할 수는 없으니까.

물론 박용걸 검사는 안다, 자신이 평생을 노력해도 30억은 커녕 10억도 못 만진다는 걸.

그걸 알기에 그는 이런 짓을 하는 거다.

"그리고 제가 말씀드린 건 어떻게 되어 갑니까?"

"아, 음…… 아깝기는 한데……."

박용걸은 어쩔 수 없다는 듯 주머니를 뒤졌다.

그리고 뭔가를 꺼내서 노형진에게 건넸다.

"뭐, 똥차 치울 때가 되기는 했지요. 돈도 있겠다, 이번에는 수입 차라도 한 대 사야겠습니다, 후후후."

검찰에서는 어떻게든 해 보려고 했지만 어차피 나가리가 된 박용걸은 아예 말을 듣지도 않았다.

"박 검사, 진짜 이럴 건가? 어?"

"선배, 어차피 막나가는 저한테 뭘 바라세요?"

박용걸 설득을 담당하게 된 김 검사는 입술이 바짝바짝 말랐다.

그나마 가깝다는 이유로 막으라고 오더가 떨어졌는데 도

통 먹히지를 않으니까.

"박 검사!"

"김 검사님! 어차피 전 나가리 된 상황입니다. 제가 여기서 멈춘다고 위에서 '아이고, 예쁘다.' 하면서 절 승진이라도 시켜 줄 것 같아요?"

"그건……."

"저 검사예요. 검사 자격, 주사위 굴려서 딴 거 아니에요. 여기서 제가 물러나면 잠깐은 조용해지겠지요. 그런데 그게 6개월이나 갈까요? 결국 전 약점이 잡혀서 나가리 될 테고, 그 후에 불이익을 받아서 재판에서 무조건 질 게 뻔한데 제가 미쳤다고 여기서 물러납니까? 그냥 개싸움 하렵니다."

"안 그런다고 하잖나?"

"아, 진짜 선배, 바보예요? 내가 입 닥치고 있으면 쫓아내지 않는다고요? 그러면 뭐 저 승진은 시켜 준대요? 나 승진하면 선배가 나가야 하는 거 알죠?"

"그건……."

김 검사는 움찔했다.

검사계의 암묵적 철칙. 후임이 승진하면 선임은 나가야 한다.

"나 승진하면 선배가 나가야 합니다. 그럼 나가실 겁니까?"

"아니, 그게……."

"네, 선배님 말씀대로 당장은 자르지 않겠지요. 하지만 승진도 못 하다가, 후임이 위로 올라가는 순간 난 나가야 해요.
뭐, 그게 길어 봐야 2년이겠지요. 그렇지 않나요?"

"그……."

아무런 말을 못 하는 선배를 보면서 박용걸은 자동차 키를
눌렀다.

그리고 선배에게 몸을 돌렸다.

"선배, 나 진짜 남으라고 할 거면 날 부부장검사로 승진시
켜 달라고 할 겁니다. 그럼 선배는 나갈 거예요?"

"……."

"나가지 않을 거잖아요. 그러다가 선배가 나가면서 날 까
면? 난 진짜 국민들한테도 나가리 되는데? 어차피 제 인생,
막나가는……."

그 순간 등 뒤에서 갑자기 거대한 폭음과 함께 열기가 확
쏟아졌다.

쾅!

그 충격으로 두 사람은 바닥을 나뒹굴었다.

그들이 힘겹게 일어나서 폭발이 일어난 쪽으로 고개를 돌
렸을 때, 거기에는 활활 불타고 있는 박용걸의 차가 있었다.

박용걸 검사, 폭탄 테러 표적 되다

박용걸, "검찰이 아무리 나를 죽이려고 해도 나는 내 갈 길 가겠다."

"죽음은 두렵지 않다." 박용걸

대한민국은 폭탄 테러에서 안전 국가로 분류된다.

사실 그런 일이 없었다.

그런데 다른 사람도 아닌 박용걸이 폭탄 테러의 희생자가 될 뻔했다.

"중요한 건 될 뻔한 거라는 거지."

노형진은 히죽 웃으며 말했다.

"지명도라는 게 그런 거거든."

당장 홍안수가 갑자기 떠오르면서 대통령이 된 건 그가 테러당하면서 그렇게 된 것이다.

하지만 지금 와서는 그게 자작이 아닌가 하는 의심을 받고 있다.

"그건 박용걸도 마찬가지야."

박용걸은 검사로서 검찰을 개혁하겠다고 기자회견을 했다. 그걸 검찰이 막으려고 온갖 압력을 가해 온 건 사실이었고 그는 언론에 계속 공개했다.

"그러다가 이제 폭탄 테러가 터진 거지."

눈앞에서 그의 차가 터져 나갔다.

다행히 그가 다른 검사와 이야기하느라고 그 차를 타지 않은 상태라서 그 차와 주변에 있던 차량만 피해를 입었을 뿐 인명 피해는 없었지만 말이다.

"설마 노린 거냐?"

오광훈은 눈을 가늘게 뜨면서 물었다.

아니, 노렸다고 볼 수밖에 없다.

"말했잖아, 적을 공개하고 그 적을 적극적으로 공격할수록 도리어 안전하다고."

지금 그의 가장 큰 적은 검찰이고, 검찰의 입장에서는 이 상황을 심각하게 받아들일 수밖에 없다.

"수사해서 뒷조사하러 나오지 않겠어?"

"아, 절대 힘들걸."

"왜?"

"진짜 폭탄이 아니거든."

노형진이 바보도 아닌데 사람이 죽을 수도 있는 진짜 폭탄을 달 리가 없다.

불꽃만 화려하게 터져 나가는 촬영용 화약이고, 설혹 폭발 반경 안에 있었다 해도 사람은 그다지 심하게 다치지 않는다.

약간의 화상과 그을음 정도?

그저 폭발만 화려할 뿐이다.

그래서 충격으로 차 유리창은 깨질지언정 사실 차체나 주변에는 큰 타격이 없다.

"중요한 건 그의 차가 폭발했다는 거지."

누군가 그를 노렸다는 거다.

"그리고 검찰은 그걸 조사해서 인명 피해가 없는 가짜 화약이었다고 발표할 테고."

물론 국민들이 그걸 믿을 리가 없다.

설사 진짜라고 해도, 협박의 목적이 있다고 보는 게 맞는 말일 것이다.

"이제 박용걸은 온 국민이 관심을 보이는 사람이야. 그는 검찰 개혁의 선봉장이지."

검찰 내부에서 아무리 그를 쳐 내고 싶어 해도 불가능한 상황이 되어 버렸다.

"검찰은 스스로 검사동일체의원칙을 주장하지. 그런데 검사가 폭탄 테러를 당했어. 그런데 나가라고 한다? 스스로 검사동일체의원칙을 부정하는 거지."

그 말은 국민들에게 부패한 검사가 보호해 주지 않는다는 의미로 받아들여질 수밖에 없다.

"공격할 수도, 지켜 줄 수도 없는 상황이지."

노형진은 이죽거리며 웃었다.

"이제 박용걸은 대놓고 지랄하게 될 거야, 후후후."

⚖

"선배, 그래서 얼마나 받아 처먹었어?"

"너, 너⋯⋯."

"작작 받아 처먹었어야지."

박용걸의 말에 차중철은 부들부들 떨었다.

"네가 이러고도 무사할 줄 알아!"

"그렇잖아도 그 건에 대해 묻고 싶은 게 있는데 폭탄 그거, 선배가 보낸 거지?"

"뭐?"

차중철은 눈을 파르르 떨었다.

뇌물을 받는 것과 폭탄을 보내는 건 전혀 다른 문제다.

"아니, 내가 진짜 있잖아, 그 사건 공지가 불법이라 당신은 안 깠거든. 그런데 내가 수사하는 건은 당신 것뿐이거든. 그러면 누가 보냈겠어? 그렇잖아?"

넉살 좋게 읊어 대는 박용걸의 말에 차중철은 말문이 막혔다.

'어떤 새끼가⋯⋯.'

누가 보냈는지 모르지만 중요한 건 박용걸이 폭탄으로 위협당했으며 그가 현재 수사 중인 사건이 차중철 건뿐이라는 거다.

"내가 병신으로 보여? 어? 평검사 하나쯤 세상에서 폭탄으로 지워도 아무도 신경 쓰지 않을 거라 생각해?"

"나, 난 아니야! 난 그런 적이 없어!"

"그러면 답이 없잖아. 조사해 보니까 태백공업 주식 10%

받기로 했다며?"

"아, 아니라니까!"

"아, 진짜 내가 병신으로 보여?"

"야? 너 내가 누군지 알고!"

"누구긴! 검사를 죽이려고 한 폭탄 테러 용의자지!"

"너, 너……!"

차중철은 손이 부들부들 떨렸다.

"이미 답 나왔어. 고발도 들어왔고. 이공태 사장 말로는 주변 인물들을 아주 작살을 내 놨더라?"

워낙 증인이 많은 터라 차중철은 부정할 수가 없었다.

부장검사라는 타이틀을 가지고 있었지만 도리어 그 때문에 더 저항할 수 없는 처지가 되었다.

평검사가 목숨을 걸고 파고 있는데 그가 직접 조사를 막으면, 자신이 범인이라는 걸 인정하는 꼴밖에 안 되니까.

"바, 박 검사. 우리 이러지 말고…… 응?"

차중철의 목소리가 저절로 떨려 나왔다.

어쩔 수가 없다. 지금 박용걸은 검찰청 내부에서도 태풍의 눈이다. 나중에는 또 모르지만 당장은 막을 수가 없다.

그리고 그렇게 모두가 보는 상황에서 누군가는 희생양이 되어야 한다.

누구 하나 족치고 사람들이 잠잠해질 때에야 박용걸에게 뭐라도 할 수 있지, 그게 아닌 상황에서는 박용걸을 어찌할 수가 없다.

결과가 나오지 않으면 당연히 언론에서는 검찰이 범죄자를 은닉해 준다는 소리가 나올 테니까.

"박 검사? 지랄하지 말고. 부장검사 달고 꿀 빠니까 눈에 뵈는 게 없지? 오늘 끝장을 보자."

이죽거리면서 웃는 박용걸.

그 순간 누군가 조심스럽게 문을 열었다.

"뭐야?"

검사실의 문을 연 것은 구속된 다른 수사관들과 직원들 대신에 배치된 직원이었다.

그는 잔뜩 겁먹은 얼굴로 박용걸에게 조심스럽게 말을 꺼냈다.

"손님이 찾아오셨는데요."

"손님? 무슨 손님?"

"저기……."

"나 취조 중인 거 안 보여?"

"그게, 꼭 만나야 한다고……."

그 순간 갑자기 그 직원이 휙 뒤로 물러나는 듯하더니 문이 벌컥 열렸다.

웬 낯선 남자가 서 있었다.

"당신 뭐야?"

"안녕하십니까? 두한에서 나왔습니다."

박용걸은 눈을 살짝 찡그렸다. 그리고 잠깐 고민하는 듯하더니 손가락을 세워서 까딱거렸다.

"들어와. 일단 이야기를 들어 보자고."

안으로 들어온 남자는 조용히 문을 닫았다.

그리고 박용걸은 속으로 작은 미소를 짓고 있었다.

─이번 사건은 차중철 부장검사가 태백공업 측에서 뇌물을 받기 위해 벌인 행동으로, 주변의 기업인들을 압박하여 뇌물을 요구하고…….

결국 박용걸이 차중철을 잡았다.

평검사가 목숨을 걸고 부장검사를 잡은 사건은 검찰을 발칵 뒤집었다.

이 일로 그에게는 포상금 30억이 지급되었고, 그는 그걸 받으며 검찰의 개혁에 목숨을 걸겠노라고 장담했다.

물론 이건 뇌물이 아니라 포상금이었기 때문에 검찰에서 뭐라고 할 수도 없었다.

그리고 그렇게 한번 뇌물을 받은 놈을 잡자 사람들은 조금씩 국민 브로커 사이트에 기부하기 시작했고, 어차피 나가리가 된 사람들도 조금씩 해당 사이트에 연락하면서 이득을 노리기 시작했다.

"누가 보면 진짜 깨끗한 사람인 줄 알겠네요."

"어차피 정치판은 이미지 아닙니까? 박용걸이 이미지가 좋다고 하니 뭐 우리로서는 손해 본 게 아니지요."

박용걸은 돈맛을 보고 이미 눈이 돌아갔다.

그는 상금에 눈이 멀어 다른 검사들을 노리고 있었고, 검찰에서는 그를 죽일 수도 살릴 수도 없어서 이를 박박 갈 뿐 대응책을 세우지 못하고 있었다.

"의외네요. 검사들이 저럴 줄은 몰랐어요."

고연미는 혀를 내둘렀다.

죄다 승진에 목매는 줄 알았는데 확실히 박용걸은 그런 스타일이 아니었다.

"어디서 들었던 말인데요, 이런 말이 있습니다. 모든 독재자의 꿈은 재벌이다."

"재벌?"

"독재하는 이유는 결국 돈을 벌기 위해서라는 거지요."

노형진은 어깨를 으쓱하며 말했다.

"그는 돈에 욕심이 많은 사람입니다. 그런데 능력은 부족하죠. 검찰총장쯤 되면 이직한 후에 1년에 30억은 받겠지요. 단, 거기까지 올라갈 수 있다면요."

"아하!"

하지만 그는 올라갈 수가 없다.

도리어 검찰에서 퇴출이 확정된 상황이었다.

"그 돈을 지금 준다는데 꺼릴 게 없는 거죠."

다만 지금은 이미지만 잘 만들어서 검찰에서 자신을 자르지 못하게 해 뒀을 뿐이다.

이미지가 남아 있는 이상 그는 똑같은 방법으로 검찰을 개혁할 것이다.

"관리를 할 때는 개새끼 백 마리보다 한 마리가 더 편한 법이지요. 후후후."

"하지만 저 사람이 너무 높이 올라가지 않을까요?"

"그건 불가능할 겁니다. 찍혔으니까."

하지만 그렇다고 자르지는 못한다.

노형진이 노리는 건 딱 그 정도다.

그가 노형진의 칼이 되어서 미친 듯이 사방에 칼날을 들이대는 것.

"그런데 두한이 빠져나간 게 참 아쉽네요."

태백공업을 삼키려고 한 건 두한이다.

그러나 언론에서는 두한은 사라지고 오로지 차중철만 물어뜯고 있다.

노형진이 박용걸에게 두한에 대한 이야기를 했으니 그라고 몰라서 가만둔 건 아니다.

"압니다. 하지만 두한은 두한이죠. 박용걸은 박용걸이고요."

썩은 두한이 뇌물을 주지 않았을 리가 없고, 당연히 박용걸이 그 돈을 받지 않았을 리가 없다.

"애석하게도 우리 타깃은 두한이 아니라 검찰이었으니까요. 그나마 다행인 건 두한이 태백공업에서 손을 뗐다는 겁니다."

그렇게 난리가 났는데 똑같은 짓을 하면 당연히 처벌을 피할 수 없다.

두한은 결국 태백공업에서 손을 뗐고 태백공업, 아니 이공태는 화가 나서 특허 상품 공급을 끊었다.

당연하게도 두한은 그게 들어가는 상품을 만들지 못하게 되면서 막대한 금전적 피해를 입게 되었다.

공장을 없앨 수는 없으니까.

"뭐, 두한은 상황이 좋지 않으니까. 언젠가 기회가 있을 겁니다."

두한은 천천히 침몰하는 배다.

그리고 노형진은 그 배가 자연적으로 침몰할 때까지 그냥 구경만 할 생각은 없었다.

그때 고연미가 걱정스러운 얼굴로 물었다.

"그런데 국민 브로커 사이트를 계속 운영하실 거예요?"

"국민 브로커 사이트?"

"국민정치참여재단 말씀이에요."

"당연히 해야지요."

이번에 제대로 효과를 봤다.

당장 박용걸뿐 아니라 다른 검사들도 동료 검사들의 뒤를 캐고 다닌다는 소문이 돈다.

제대로 작동하지 않는 내부 감사 대신에 탐욕이 내부를 감사하기 시작한 것이다.

"왜요? 불편하십니까?"

"아니, 그러니까…… 정치에 돈이 엮인다는 게 뭐랄까……."

"무슨 뜻인지 압니다."

노형진은 고개를 끄덕거렸다.

많은 사람들이 정치가 순수하기를 바란다.

"하지만 현실적으로 그건 불가능에 가깝죠."

극히 일부 선진국을 제외하면 정치는 결코 순수하지 않다.

순수할 수가 없다.

돈이 들고 권력이 생기고 파벌이 생기는 게 정치다.

미국과 일본, 러시아, 프랑스, 영국까지, 정치가 완벽하게 깨끗하게 운영되는 나라는 거의 없다.

기껏해야 핀란드 정도일 것이다.

"이상만으로는 정치는 못 합니다. 점차 이상에 맞는 사람들을 거기에 넣어야지요. 그리고 그러기 위한 국민정치참여재단입니다."

당장은 돈이 들겠지만 그 돈으로 정상적인 사람이 정치를 하게 된다면 점점 더 깨끗하게 될 것이다.

"하지만 더러워지는 느낌이에요. 더군다나 그걸 좋지 않게 이용하는 사람도 있을 텐데요."

"아, 기업?"

"무슨 뜻인지 아시네요."

그동안 기업은 막대한 돈을 뇌물로 뿌렸다.

그랬기에 정치인들이 그 돈을 노리고 국민이 아니라 대기업을 위한 정치만을 한 것이다.

가령 정치인들에게 기부금을 주는 경우, 법에는 정해진 기부금 한도가 있다. 그 이상 주면 명백하게 불법이며 뇌물로 본다.

대기업은 그걸 속이기 위해 직원들 명의를 무단으로 돌려서 그 돈을 주곤 했다.

그런데 이제는 상황이 바뀌었다.

포상금이라는 형태로 막대한 돈을 줄 수 있게 된 것이다.

고연미는 그 부분을 걱정하고 있었다.

돈이 있는 건 결국 국민이 아니라 대기업이니까.

"글쎄요. 그게 될까요?"

노형진은 피식 웃었다.

"왜요? 안 되나요?"

"안 될 건 없지요. 하지만 한 가지는 확실합니다. 기업은 뇌물 주기 더 힘들어졌다는 거."

"네?"

"한 번에 줄 수는 있습니다. 그런데 그러면, 국민은 바보입니까?"

가령 전에 두한이 시도한 의료보험 민영화를 다시 시도한
다고 생각해 보자.

당연히 기업은 막대한 돈을 들여서 상금을 걸 것이다.

"대놓고 외치는 거지요. 국민들을 쥐어짜겠다고."

"어…… 그렇게 되나요?"

"왜 쉬쉬하면서 법을 만들어 달라고 했겠습니까?"

국민들에게 도움이 되지 않으니까.

국민을 쥐어짜서 자기 배를 채우기 위해, 그들이 국회의원
들에게 돈을 주는 것이다.

"그걸 모든 국민들이 다 보는 사이트에 올린다? 그건 무리
죠."

"으음……."

그러면 당장 국민들에게 블랙리스트 기업으로 찍히고 온
갖 사회단체에서 공격당하게 될 것이다.

간땡이가 얼마나 부었는지 모르지만 그걸 감수하고 그럴
까?

그럴 리가 없다.

더군다나 국민정치참여재단은 최대 기부금의 한도를 명확
하게 정해 놨다.

개인은 한 명당 10만 원, 기업은 한 곳당 100만 원.

만약 기업이 그 금액이 넘어가는 돈을 기부하려면 명의 도

용을 할 수밖에 없다.

"그걸 대비해서 기부자에 대해서는 기습적으로 감사할 수 있다고 해 놨습니다. 감사해서 걸리면 기업 입장에서는 이미 지도 망가지지요. 당연히 뇌물을 주는 것도 실패할 테고 말입니다. 그러면 그들은 어떻게 할까요? 결국 과거로 돌아갈 수밖에 없습니다."

기업들은 분명 비밀리에 조용히 돈을 주는 걸 선택할 것이다. 그게 기업이다.

"그리고 그 때문에 기업은 더 힘들어질 겁니다."

"어째서요?"

"국회의원들이 요구하는 돈이 늘어날 테니까요."

가령 기업을 위한 법을 만든다고 치자.

전에는 국회의원에게 3천만 원만 줘도 그 법을 만들기 위해 노력했다.

하지만 만일 국민들이 그 법과 반대되는 법을 만들기 위해 5천만 원을 기부했다고 치면?

"아…… 돈을 몇 배나 더 달라고 하겠군요."

정치인에게는 어차피 상금으로 받아도 그만인 돈이니, 국민들의 표를 생각하면 이쪽을 선택하는 게 훨씬 낫다.

그러니 그런 정치인을 설득하기 위해서 기업은 최소 8천만 원 이상은 줘야 한다.

기존에 줘야 하는 몇 배의 뇌물을 줘야 하는 것이다.

"기업 입장에서는 부담이 될 수밖에 없습니다."

만일 기업과 국민의 이득이 충돌한다면?

"적당히 홍보하면 당연히 국민 쪽 자금이 더 많아지지요."

국민들은 한 명당 1만 원씩만 내도 기하급수적으로 돈이 늘어나지만 기업은 모든 돈을 자기가 내야 한다.

그들이 법을 고쳐서 얼마나 벌지는 모르지만, 늘어만 가는 뇌물을 감당할 수 있을까?

"그것만이 아니죠."

"네?"

"악법도 법이라고 하지요? 하지만 없애는 건 어렵지요."

국민의 기본 권리를 제한하는 기존의 법을 없애려 한다 치자. 지금까지는 헌법 소원을 해서 그 법 자체를 무력화시켜야 했다. 그것 말고는 방법이 없었다.

"하지만 국회의원을 조종할 수 있으면 법을 바꿀 수 있습니다."

법을 없애는 게 아니라 국회의원들에게 그 법을 개정하도록 유도할 수 있다.

헌법 소원이 족히 5년은 걸리는 걸 생각하면, 국민들이 돈을 모아 국회의원을 사서 법을 고치는 게 훨씬 빠르다.

"결과적으로 민주주의를 돈으로 사는 거네요?"

"맞습니다."

"그건 좀……."

"저는 그게 차라리 나은 것 같은데요."

"네? 어째서요?"

"민주주의는 피를 먹고 자라죠."

노형진은 어깨를 으쓱하며 말했다.

실제로 피로써 쟁취하지 않은 민주주의국가는 대부분 부패하거나 무너지는 경향이 있다.

당장 일본만 해도 민주주의국가라고 하지만 운영 시스템을 보면 민주주의가 아닌 봉건주의에 가깝다.

"그런데 돈으로 살 수 있다면 훨씬 남는 거 아닐까요? 자본주의 세상 아닙니까? 돈으로 민주주의를 왜 못 사겠습니까?"

고연미는 왠지 씁쓸하게 웃을 수밖에 없었다.

"이제 돈으로 못 사는 건 목숨뿐인 것 같네요."

"그게 자본주의입니다."

노형진도 반갑지 않은 듯 웃을 수밖에 없었다.

참 좋은 거 배웠네

"아, 씨발. 피곤해 뒈지겠네."

오광훈은 충혈된 눈을 비비며 말했다.

"추워 뒈지겠는데 이 범죄자 새끼들은 왜 이리 지랄이야, 지랄이!"

"그러게 말입니다. 아, 진짜 범죄자 없는 세상에서 살고 싶습니다!"

"응, 그러면 너 해고."

"아……."

투덜거리면서 일하는 오광훈의 눈에는 핏발이 잔뜩 서 있었다.

그럴 수밖에 없다. 갑자기 사건이 늘었으니까.

"보통 이 시기에는 범죄가 줄지 않나?"

"요즘 영 먹고살기 힘들잖아요."

"먹고살기 힘들어서 저지른 생계형 범죄면 이해라도 하겠는데 죄다 사기에 강간에……."

"우리가 강력 쪽이잖아요."

"그러니 돌겠다."

툴툴거리면서 일하는 오광훈.

그런 그에게 잔뜩 피곤한 얼굴의 직원이 다가왔다.

"오 검사님, 주문하신 택배 왔습니다."

"응? 택배?"

피곤한 눈으로 고개를 들어서 바라보는 오광훈.

그러자 남자 직원이 목소리를 낮췄다.

"저기, 검사님. 이런 건 자택으로 보내는 게 좋지 않을까요?"

"뭔 개소리야? 집에 들어가게나 해 주든가."

"아니, 그래도 이런 건 좀 그렇지 않습니까?"

"뭐가 왔는데?"

아무래도 뭔가를 받기 위해서는 검찰청으로 보내는 게 확실하기에 오광훈은 당연히 자신이 주문한 거라 생각해서 그걸 받아 들었다. 그리고 눈을 찌푸렸다.

"뭐야, 이건?"

"주문하신, 크흠……."

"나 이런 거 주문한 적 없다."

상품명에 딱 붙어 있는 '남성용 자위 기구'라는 이름.

"아니…… 이해는 합니다. 하지만 그래도 여기에는 여자 직원도 있는데……."

"아, 나 안 샀다고. 내가 왜 이딴 걸 사? 검사 모르냐, 검사? 내가 부르면 술값 내주겠다고 하는 사람이 4열종대로 연병장 두 바퀴 반이야."

"안 받으시잖아요, 근데?"

"그거야 내 맘이지. 하여간 난 이딴 거 산 적 없어."

오광훈은 그렇게 말하면서 박스를 열었다.

이게 뭔지는 모르지만 일단 자신의 이름으로 날아왔으니까.

"무겁지는 않은데 제대로 포장도 하지 않았네. 이렇게 덜그럭거리게 포장하면 오는 길에 다 부서……."

박스를 열어서 안을 보던 오광훈은 순간적으로 입을 다물었다.

그리고 물끄러미 박스 안을 바라보다가 조용히 책상에 올려놨다.

"김 과장."

"네?"

"이거 택배라고?"

"네, 왜요? 많이 부서졌나요? 자위 기구는 어지간해서 잘 부서지지 않을 텐데."

"장난할 상황 아니야. 당장 이곳 봉쇄하고 과학수사 팀 불러."

"네? 왜 그러세요? 아무리 물건을 대충 포장해서 부서졌다고 해도 과학수사 팀까지 부를 필요가……."

호기심에 슬쩍 고개를 내밀어서 박스 안을 바라보던 김 과장은 순간 말문이 막혔다.

그 박스 안에 긴 머리카락을 가진 여자의 머리가 잘린 채로 들어가 있었으니까.

"당장 비상 걸고 과학수사 팀 불러."

오광훈은 어느 때보다 심각한 얼굴로 말했다.

⚖️

"효진아!"

문을 박차고 들어오려는 남자.

그리고 그를 막는 사람들.

"검사님! 진정하세요! 검사님! 검사님!"

"으아! 효진아! 내 딸! 내 딸 효진아!"

자지러지는 남자의 비명. 그를 붙잡는 사람들의 눈에서도 피눈물이 흘렀다.

그리고 진술하는 오광훈의 눈에서는 분노가 이글거렸다.

"일단…… 이건 누가 봐도 도발이기는 한데…… 후우."

진술을 받던 검사는 긴 한숨을 쉬었다.

그럴 수밖에 없었다.

"일단 오 검사님은 문제없는 것 같네요."

"설마 내가 이랬을 거라 생각하나?"

"그럴 리가요. 아무리 사이가 좋지 않아도 검사님 아닙니까?"

그렇게 말하면서 씁쓸하게 웃는, 취조하던 검사.

"그나저나…… 난리군요. 다른 사람도 아닌 부지검장 따님이…….."

검사를 건드리는 건 자기를 죽여 달라고 하는 짓이다.

그런데 다른 사람도 아닌 부지검장의 딸의 머리를 잘라서 보냈다.

이건 대놓고 검찰을 도발한 거다.

"그나저나 모르셨습니까?"

"모를 수밖에 없지. 한겨울 아닌가?"

한겨울에 비닐에 꽁꽁 싸서 보낸 택배다.

시신은 거의 썩지 않았고, 피도 거의 없었다.

"후우, 이거 난리가 나겠네요. 그렇지요?"

"그럴 거야. 일단은 누구인지 상대를 알아야……."

단순히 죽이는 것도 아니고, 목을 잘라 보내는 잔혹함.

"그나저나 택배는 추적이 되잖아. 아직 추적 못 한 거야?"

"이미 확인했습니다. 그런데 송장이 가짜예요. 아무래도 몰래 짐에 섞은 것 같습니다."

"짐에 섞었다고?"

"네. 보통 택배는 혼자서 배달하지 않습니까?"

그래서 보통은 바쁘게 내려서 움직인다.

딱히 택배에 시건장치를 달거나 하지도 않는다.

초 단위로 배달해야 하는데 그걸 잠갔다 열었다 할 수는 없으니까.

"그 사이에 슬쩍 집어넣으면 아무도 모르죠. 그나마 다행인 건, 이 지역을 담당하는 택배 기사가 그리 많이 이동하진 않는다는 건데……."

긴 한숨을 내쉬는 검사.

"그 동선을 모조리 따야 할 것 같습니다."

"돌겠군."

"돌겠죠. 하지만 검사를 건드렸으니 이건 그냥은 못 넘어갑니다."

"그래, 나라가 쪼개진다고 해도 그냥은 못 넘어가지."

"으윽!"

그 순간 이상한 소리가 들리더니 '쿵' 소리가 났다.

부지검장이 충격을 이기지 못하고 결국 쓰러진 것이다.

"부지검장님!"

"구급차 불러! 어서!"

난리 법석이 나는 다른 검사들.

오광훈은 씁쓸한 표정으로 그를 바라볼 뿐이었다.

그런데 그 와중에도 한 명이 이쪽으로 오는 게 보였다.

"김 과장, 어쩐 일이야?"

그는 오광훈 아래에서 일하는 김 과장이었다.

얼굴이 핼쑥한 걸 보니 아직도 잘린 머리를 본 충격에서 벗어나지 못한 것 같았다.

"저기……."

"혹시나 엮일까 봐 그래? 김 과장이 관련 없다는 건 세상이 다 아니까 걱정하지 마."

오광훈은 그래도 검사라고 그를 진정시켰다.

그러나 김 과장이 한 이야기는 그런 것이 아니었다.

"그게 문제가 아닙니다."

"뭐? 그게 무슨 소리야?"

"방금 다른 검찰청에서 연락이 왔습니다."

"다른 검찰청?"

"네."

"아니, 왜?"

물론 충격적인 사건이기는 하지만 다른 검찰청에서 연락이 올 시점은 아니다.

그 범인을 잡기 위해 전 검찰력이 총동원될 건 당연한 일이지만 말이다.

"뭐, 지원 검사라도 파견하려고 한대? 우리가 다 처리할 수 있다고 해. 우리 식구 건드린 놈은 우리가 해결해야지!"

취조했던 검사가 발끈하며 말했다.

자기네 사람을 건드린 범인을 남에게 맡기고 싶지 않았던 것이다.

"그게 아니라……."

"그러면?"

"방금 몇 개의 택배가 더 왔답니다."

"택배……라고?"

그 택배가 일반 택배일 가능성은 없다.

하루에도 몇백 개씩 택배가 날아오는 게 검찰청 아닌가?

"설마……."

"머리가…… 들어 있답니다."

그 순간 모두의 심장이 '쿵!' 하고 무너져 내렸다.

검사 가족들 피살 사건.

그렇게 이름 지어진 사건은 대한민국을 발칵 뒤집었다.

검사 가족이 아니라 검사 가족들 피살 사건이라고 불린 것은 피해자가 다수이기 때문이다.

그 숫자가 무려 다섯 명이다.

피해 검사도 다섯 명. 피살자도 다섯 명.

누군지 모르지만 범인은 택배로 머리와 신분증만 보냈다. 빨리 찾으라는 듯이 말이다.

"끄응……."

오광훈은 의자에 기대어 널브러져 있었다.

그 앞에 앉아 있던 노형진은 혀를 끌끌 찼다.

"그래서 이 난리가 난 거군."

"누군지 모르지만 아주 검찰을 벌집 쑤시듯이 쑤셔 놨다. 다른 사건은 모조리 뒤로 밀렸어."

동원된 검사만 백여든 명.

오로지 이 사건의 범인을 잡기 위해 검찰청은 총력을 기울였다.

하지만 상대방은 그런 검찰청을 농락이라도 하듯이 또다시 머리를 보냈다.

택배가 감시가 심해져서 그런지, 이번에는 머리를 택배로 보내지는 않았다.

"강원지방경찰청 청장의 아내 머리를 공원 벤치에 올려놨다라……."

"부산지방법원 법원장 아들 머리는 하수도에서 발견되었고. 주변에 피 칠갑을 해 놔서 못 찾을 수가 없었다더라."

"미쳤군."

대한민국의 사법부를 모조리 건드려 놨다.

"지금 검사들이고 경찰들이고 눈깔 돌아갔다. 법원에서도 난리가 났고."

"희생자만 벌써 마흔 명이라고?"

"그래. 그런데 범인들의 꼬투리도 잡지 못하고 있어."

동원 인원만 벌써 8천 명이 넘는다.

그런데 흔적도 없다.

"계획범죄에 집단 범죄로군."

개인이 이 정도의 범죄를 저지를 수는 없다.

이건 분명히 집단이 저지른 범죄다, 그것도 숫자가 적지 않은.

"제주 쪽은 더 문제야."

"왜?"

"경호원까지 있었거든."

제주지방검찰청의 청장은 사건이 터진 후에 사법부 가족을 노린다는 걸 알고 자신의 가족에게 사재를 털어서 경호원을 붙였다.

"그런데 손녀가 당했다. 경호원은 실종되고."

"손녀라고 하면……."

"그래, 똑같아. 머리가 해변에서 발견되었어."

"큭."

잔학무도한 일이 벌어지고 있었고 노형진은 멘붕이 올 수밖에 없었다.

'이게 무슨 일이지? 원래 이런 일은 없었는데.'

노형진이 몰랐다? 그건 불가능하다.

사법 관련자의 가족 사망자만 마흔 명이고, 언론에서는 하루 종일 이 이야기뿐이다.

심지어 미국에서조차도 난리가 났다.

다른 곳도 아닌, 치안이 안정된 한국에서 벌어진 일이니까.

당장 치안이 개판이라는 브라질이나 멕시코에 가도 이 정도 일은 흔하지 않은데 한국에서 일이 터졌으니까.

'결국 내가 회귀하면서 벌어진 일이라는 건데. 어째서?'

그는 범죄 조직을 키우기 위해 뭘 한 적이 없다.

도리어 한만우의 조직이 나름 규칙을 잡으면서 자잘한 범죄 조직들이 싹 쓸려 가고 한만우가 적절히 어둠의 세계의 균형을 잡고 있었다.

"처음에는 각 검사에게 체포당한 놈들이 아닐까 했지만, 한두 명도 아니고 그놈들이 이렇게 체계적으로 움직인다는 건 말이 안 되니까."

"결국 폭력 조직이라는 건데, 진짜 말도 안 되는군."

검사와 경찰은 폭력 조직에게는 천적이다.

뭐라도 하려고 한다면 그들의 눈을 피해야 하는데 도리어 가족들을 죽이면서 도발한다?

"이해가 가지 않는데."

"나도 그래. 그래서 널 부른 거고."

"나보고 도와 달라고? 야, 이거 검찰에서 죽이려고 이를 박박 간다면서? 그런데 나보고 도와 달라고 하면 위에서 싫어하지 않겠냐?"

의자에 기대어 눕다시피 해 있던 오광훈이 몸을 세웠다.

"도와 달라는 말을 꺼낸 거 윗선이야."

"뭐? 왜?"

"왜일 것 같냐? 지금 누가 위험하다고 생각해?"

"아…….."

다른 사람의 일이었다면 절대 검찰에서 노형진에게 도움을 청하지는 않았을 것이다.

오히려 도움을 받으려고 해도 검찰의 명예에 먹칠한다고 게거품을 물었을 것이다.

"하지만 자기 가족들의 목이 걸렸다 이거지."

"무슨 뜻인지 알겠네."

아무리 자존심이 중요하다고 해도 결국 중요한 것은 가족의 목숨이다.

"위에서 '비공식적으로' 도와 달라고 한 거다. 그래서 내가 널 부른 거고."

공식적으로 부르면 창피지만, 비공식적으로 오광훈이 부르는 건 문제가 되지 않는다.

일단 오광훈이 노형진과 친한 건 사실이니까.

"무슨 뜻인지는 알겠다."

노형진은 고개를 끄덕거렸다.

"도와줄 수 있냐?"

"도와야지."

이건 사이가 좋고 나쁘고의 문제가 아니다.

누군가가 한국의 사법 시스템을 붕괴시키기로 작정한 것이다.

"프로파일러들은 뭐래?"

이 정도 사건을 해결하기 위해서는 뭐든 동원할 수밖에 없고 당연히 그 1순위는 프로파일러다.

새론에도 프로파일러가 있지만 경찰과 검찰 내부에 프로파일러가 있으니 그들을 쓰는 게 당연한 일이다.

애초에 김소라도 경찰청 소속 프로파일러였다가 노형진이 스카우트한 거니까.

"그쪽에서는 범죄 조직에서 우리를 길들이려고 하는 거라고 판단하고 있어."

"틀린 판단은 아니네. 아니, 그것밖에 이유가 없겠어."

사법 시스템 전반에 대해 무차별적인 살인?

보복이라고 볼 수는 없다. 보복이라면 특정 지역에 집중되어야 한다.

그런데 전국에서 벌어지고 있는 상황.

"의심스러운 놈은?"

"그게 문제야. 너무 많아. 한국의 범죄자 새끼들은 다 의심스러워하는 게 검찰이잖아."

"그건 그렇다."

노형진은 고개를 끄덕거리며 말했다.

사법 시스템을 마비시키는 것이야말로 모든 범죄자들의 꿈 아닌가?

"솔직히 말하면…… 있잖아."

노형진도 그것까지는 안다. 당연한 일이니까.

하지만 노형진은 다른 프로파일러들과 비슷하지만 다르게 생각하는 부분도 있었다.

노형진이 본론을 꺼내지 않고 말을 질질 끌자 오광훈이 미심쩍은 눈으로 그를 쳐다보았다.

"뭐가 있어?"

"이건 그냥 느낌인데 그놈들, 한국 놈들이 아닐 것 같아."

"뭐? 그게 무슨 소리야?"

"한국 놈들이라면 일이 이 지경까지 오지는 않는다는 거지."

한국에도 조폭이 있었고 그들이 검찰과 경찰을 노린 적도 있었다.

하지만 결국 그들은 와해되고 무너졌다.

이유는 간단하다. 검찰이나 경찰의 가족을 건드리면 무슨 수를 써서라도 추적해 죽여 버렸으니까.

"한국의 조폭들은 그 정도로 간땡이가 붓지는 않았어."

"조폭들이 그런 걸 신경 쓰겠니?"

"내가 말하는 게 그거야. 너도 조폭이었으니 알 거 아냐. 일을 이 지경까지 만들면서 판을 키워서 수익을 얻을 만한 부분이 한국의 조폭들에게 있어?"

"어?"

"이건 한국 전부를 적으로 돌리는 행동이야. 한국의 조폭들이 이런 행동을 해서 얻을 수 있는 게 있느냐고."

"어…… 음…… 없지."

없다.

개인이 할 수 있는 일의 범주를 아득하게 넘어간 이상, 결국 남는 건 조폭뿐이다.

그러나 한국에 남아 있는 조폭은 그다지 많지 않고 그들은 각각의 계파에 속해 있다.

"사실 한국에서 전국구 중에 제대로 된 조폭이 있기는 하냐?"

한만우를 비롯해서 그래도 전국구급이라고 할 수 있는 조폭들은 있다.

그러나 그들에게는 다음과 같은 조건이 붙는다.

'양성화에 성공한'이라는.

양성화에 실패하면 쓸려 나가고, 성공하면 기업이 되는 거다.

"현실적으로 한국에서 그나마 전국구급이라고 할 수 있는 곳 중에서 이렇게 한국의 사법 시스템에 대놓고 도전할 수 있는 곳은 없어. 그렇지?"

"으음…… 그렇기는 하네."

오광훈은 노형진의 말에 고개를 끄덕거렸다.

"그리고 말이야, 희생자가 마흔 명이나 나올 때까지도 그들이 나타나지 않은 건 그들의 목표 때문이라고 생각해."

"그게 무슨 소리야?"

오광훈은 이제 자세를 바로 잡았다.

전혀 엉뚱한 곳을 뒤지고 있다면 방향을 돌려야 한다.

"이건 사실상 테러야. 아니, 사실상이 아니라 테러 맞지."

"그렇지."

"그래서 프로파일러들도 폭력 조직이라고 생각하고."

"그런데?"

"그런데 말이야, 테러에 관한 프로파일로 보자면 이건 맞지 않는 게 있어."

"맞지 않는다고?"

"그래. 테러의 핵심은 공포야."

상대방에게 공포심을 주고 저항하지 못하게 하는 것.

그게 테러의 기본 프로파일적 감정이다.

"그건 프로파일러들이 이야기했다니까."

"그래, 하지만 그랬기에 이건 이상한 거야. 공포의 대상이 없잖아."

"뭐?"

"테러를 벌인 자는 대부분의 경우 내가 그 테러를 했다고 밝히려고 하는 성향이 있어."

그래야 상대방이 자신들을 공포의 대상으로 인식하기 때문이다.

"예를 들어 사람들은 테러라는 말을 들으면 이슬람을 생각해. 물론 이슬람이 현대적 종교는 아니야. 하지만 모든 이슬람이 테러범인 것도 아니지. 그게 테러범들이 노리는 거야."

이슬람에 대해 두려움을 가지고 이슬람을 배척하는 것.

그게 테러범들이 원하는 거다.

사회적으로 배척된 이슬람 신자들은 자연스럽게 고립되고, 그들을 이슬람 극단 세력으로 키우는 건 어려운 일이 아니다.

"실제로 유럽에서 벌어지는 이슬람 테러는 외부에서 들어온 테러리스트보다는 내부에서 발생한 자생적 테러리스트의 소행인 경우가 대부분이지."

"그런데?"

"내가 이상하게 생각하는 게 그거야."

이건 단순 살인이나 보복이 아니다.

이건 테러다.

그런데 정작 그 테러를 하는 놈들이 자신을 감추고 있다.

기존의 테러 분석에 따르면 그들 스스로 자신을 드러냈어야 한다.

"어…… 프로파일러들이 그런 이야기는 하지 않던데."

"한국은 테러 안전국이니까."

당연히 한국의 프로파일러들은 테러리스트의 프로파일보다는 살인자나 기타 범죄자에 대한 프로파일에 집중하게 된다.

"테러와 살인은 똑같이 인명 살상이라는 결과가 나오지만 현실적으로 그 시작점은 달라. 한국의 프로파일러는 테러에 관한 프로파일을 제대로 배운 적이 없으니 실수할 수도 있지."

"으음……."

노형진의 말에 오광훈은 눈을 찡그렸다.

확실히 그런 부분은 생각해 보지 못했으니까.

"그래서 그렇게 말한 거야, 한국 놈들이 아닐 거라고?"

"음……."

노형진은 잠깐 고민했다.

이건 그가 판단하기는 힘들다. 하지만 누군가는 해야 한다.

'당장 외부에서 누구라도 데리고 와야겠군.'

그러지 않으면 이 상황을 제대로 판단하기 힘들다.

"응. 외부 세력이라고 생각해."

"외부 세력?"

"그래. 한국은 돈이 되는 나라지. 전에도 말한 적이 있을 거야. 한국은 경제 규모에 비해 어둠의 세계가 좀 작은 편이야. 그렇다 보니 한국 시장에 진출하려고 하는 놈들이 많지. 당연히 그들은 좋지 못한 놈들이고."

"으음……."

"그런 놈들이 하는 짓거리가 아닐까 생각해."

"증거는?"

"당장 무차별적으로 살인을 자행하면서도 자신을 감추고 있는 것이 증거야."

테러라면 직접 모습을 드러내고 공포를 전염시켜야 한다. 그런데 이놈들은 그리하지 않고 있다.

"그 대신에 한국 정부는 폭력 조직에 대해 무차별적으로 칼을 휘두르고 있지."

전처럼 주폭이라고 해서 적당히 술이 깨면 보내 주는 게 아니다. 조금이라도 의심스러우면 고문만 빼고 다 하고 있다.

당장 체포 영장은 평소의 다섯 배, 구속영장은 평소의 세 배로 늘어났다.

구치소가 넘쳐서 사람들이 쭈그려서 자야 할 정도였고, 심지어 수갑을 채워서 복도에 둬야 할 정도로 범죄자들이 넘쳐 났다.

"설마?"

"그 설마가 맞아. 당분간은 경찰과 검찰에서 범죄자들 그리고 폭력 조직은 싹 쓸어버리겠지."

특히 폭력 조직은 말 그대로 박멸 수준으로 털려 나가고 있다.

"설마……."

내부 정화 작업.

노형진이 생각하기는 그랬다.

그리고 내부 정화 작업이 필요하다는 건 한 가지를 의미한다.

"외부에서 '그들'이 들어올 가능성이 높다는 거지."

"끄응……."

눈을 확 찡그리는 오광훈.

이건 생각도 못 한 방향이니까.

"확실하냐?"

"아니."

"아니라고?"

"그래. 내가 진짜 프로파일러도 아닌데 그걸 어떻게 아냐? 그냥 예상이 그렇다는 거지."

"닝기미. 그러면 나보고 어쩌라고?"

보고해서 혼선을 줄 수도 있고 아닐 수도 있다.

당장 사법 시스템에 속한 사람은 눈깔이 돌아가 있는데 거

기에 말장난 하나 했다가는 스타고 나발이고 무조건 모가지
가 날아간다.

띠리리, 그 순간 울리는 오광훈의 핸드폰.

오광훈은 번개같이 그걸 받아서 문자를 확인했다.

그리고 얼굴이 사정없이 구겨졌다.

"닝기미."

"왜?"

"또 시체다. 울산에 하나 청도에 하나. 울산은 경찰 가족
이고 청도는 검사 가족이란다."

"미쳤군."

전 국토에서 벌어지는 무차별적인 살인.

"이거 확실하게 답해 줄 만한 사람이 있을까?"

"아마도……."

노형진은 살짝 눈을 찡그렸다.

지금 생각나는 사람은 한 명뿐이었다.

"한 명 있지 싶다."

노형진은 손채림에게 이야기해서 무조건 그 사람을 데리
고 오도록 했다.

다행히 그 사람은 이야기를 듣자마자 바로 한국으로 들어

왔다.

"조디 제퍼슨이라고 합니다."

반백의 남자는 노형진과 오광훈의 손을 잡으며 악수했다.

"일단 주요 서류는 오면서 비행기에서 확인해 봤습니다."

"어떻게 생각하십니까?"

노형진이 그를 부른 이유는 간단하다.

그는 이쪽에 관해서는 진짜 전문가니까.

노형진이 그에 대해 아는 건 간단하다.

회귀 전 학회에서 그의 강의를 들었고 그는 특수 범죄 조직, 즉 갱단의 구조와 확장에 대해 이야기해 줬다.

물론 그건 미래의 이야기다.

그러나 노형진은 그걸 기억하고 있었기에 이번 사건을 보면서 그때 들은 것과 비슷하다고 생각하고 있었다.

"결론만 말씀드리자면……."

조디 제퍼슨은 잠시 심호흡을 하고 조심스럽게 말했다.

"갱단의 확장이 맞는 것 같습니다. 그것도 아주 무차별적인."

노형진의 눈이 사정없이 찡그러졌다.

⚖

"갱단? 그게 무슨 말인가? 갱단이라니?"

서울지방검찰청에서는 주요 인물들이 모여서 조디 제퍼슨의 이야기를 듣고 있었다.

노형진은 그 옆에서 그들에게 조디 제퍼슨의 말을 통역해 주고 있었다.

"한국에서 이런 패턴을 발견할 줄은 몰랐지만, 이는 멕시코와 브라질 갱단과 비슷합니다."

"멕시코 갱단?"

검찰들의 얼굴에 놀라움이 깃들었다.

사실 많은 검사들이 멕시코나 브라질에 있는 갱단에 대해 알고 있다.

물론 대부분은 그저 소문을 듣는 정도이고 진짜로 상대한 적은 없지만 말이다.

"그걸 어떻게 아십니까?"

"저는 미국 FBI 심리 수사 요원으로, 오랫동안 멕시코 갱단과 싸워 왔습니다. 미국은 그들에게 황금의 땅이라서 지금도 어떻게든 들어오려고 하니까요."

"으음."

하긴, 검찰 쪽에서 일하면서 멕시코 갱단과 미국의 싸움을 모르지는 않는다.

오죽하면 그들을 박멸하겠다고 미국이 멕시코 침공을 계획하기까지 했을까.

그들과 싸워 온 조디 제퍼슨의 입장에서는 지금 한국에서 벌어진 일이 전혀 낯설지 않았다.

"멕시코의 갱들은 인간의 탈을 쓴 짐승입니다. 대학생들이 자기들에게 반대하는 연설을 했다는 이유로 수십 명을 납치해서 산 채로 가죽을 벗겨서 매달아 두기도 합니다."

얼굴이 핼쑥해지는 사람들.

"그들의 방식은 간단합니다. 무차별적인 폭력과 공포의 전염."

"공포……."

"그들이 멀쩡한 도시를 노릴 때 쓰는 방법입니다."

일단 도시 내부에서 주요 사법 시스템 종사자의 가족들을 노린다.

현실적으로 검사나 판사 본인이라면 모를까 그 가족에게까지 경호가 붙지는 않는다.

놈들은 무방비한 상태의 가족들을 무차별적으로 살인하면서 사법 종사자들에게 압박을 가한다.

"결국 그들은 가족을 지키기 위해서라도 갱단과 손을 잡아야 합니다. 그렇게 사법 시스템이 손아귀에 들어오면 그다음에는 행정입니다. 시장 등의 공무원들. 가족의 목숨이 위험해지면 결국 그들도 굴복할 수밖에 없지요."

"……."

"그렇게 그 지역의 모든 게 손아귀에 들어오면 그때부터 그곳을 지배하는 건 정부가 아니라 갱단이 됩니다. 멕시코나 브라질 등의 갱단이 이런 식으로 지역을 지배하지요."

실제로 시장으로 뽑히면 그날 밤 집에 수류탄이 날아들고, 시장 후보로 나서면 길을 가던 중에 총에 맞아서 죽는 게 그 지역의 상황이다.

심지어 여성 시장은 당선 첫날 납치되어 집단 강간당한 후 산 채로 껍질이 벗겨진 상태로 발견되었다.

그런 범죄에서 안전한 방법은 단 하나, 그 지역을 지배하는 갱단의 말대로 움직이는 것이다.

"저는 그러한 갱단과 싸우기 위해 미국에서 파견되어 멕시코에서 오래 활동했지요. 그 때문에 그들의 성향을 압니다. 이건 그들의 방식입니다."

"왜 하필 한국입니까? 아니, 여기는 미국에서도 멀고 그들도 쉽게 올 수 없는 곳입니다. 갱단이 집단 이주하기에는 여러모로 말이 안 되는데요."

한국이 위치상 가까운 것도 아니다.

그런데 왜 하필 콕 찍어서 한국이란 말인가?

물론 한국이 여러모로 탐날 수는 있다.

하지만 갱단의 핵심은 결국 자금과 인력이다.

아무리 돈이 많아도 인력이 없으면 감당 못하고, 인력이 없으면 경쟁 갱단에게 목이 날아간다.

"그게 좀 이상하기는 합니다. 한국은 너무 멀거든요. 물론 조건만 보면 한국이 먹음직스럽기는 합니다. 한국은 세계적

인 부자 국가입니다. 여기를 먹으면 멕시코 도시 하나 먹는
것과는 비교도 못 할 정도의 돈을 벌 수 있습니다."

조디 제퍼슨은 그렇게 말하고는 물을 한 모금 삼켰다.

그가 보기에는 상황이 너무 좋지 않았다.

"또 공격의 용이성 문제도 있지요. 한국은 치안이 좋습니
다. 그래서 오히려 이런 충격적 방식의 공격에 대한 내성이
없습니다."

하긴, 벌써 몇몇 사람들은 공포에 사표를 던지고 도망갔
다.

저항하지 않는 국민들이나 때려잡고 돈이나 받아 처먹던
부패한 경찰들에게 목숨을 건 싸움은 절대 할 수 없는 일일
테니까.

"거기에다 한국은 총기가 거의 없습니다. 어차피 갱단이
라는 존재는 법을 지키지 않지만, 한국에는 총기가 거의 없
기 때문에 자신들과 싸울 집단이 없다는 것도 그들이 보기에
는 이점일 겁니다."

"하아."

그 말이 맞다. 한국은 총기 사용이 엄격하게 제한되어 있
다.

심지어 경찰조차도 총을 쏴서 잡는 것보다 차라리 총을 던
져서 잡는 게 빠르다고 할 정도로 총기 사용의 규제가 엄격
하다.

"애초에 법을 지키지 않으려고 작정한 놈들이 밀수한 소총 들고 싸우는 건 일도 아닐 테지요."

"하지만 한국에는 군이 있습니다."

"멕시코에도 군은 있습니다만?"

총이 사용되었다고 해서 군을 바로 동원하는 것은 한계가 있다.

"그리고 한국 특유의 상황도 문제가 됩니다."

"특유의 상황요?"

한국은 분명 군이 있고 세계적인 군사 강국이다.

그러나 한때 군사 쿠데타로 인해 민간인에게 총을 겨누는 것에 대해 절대 용납하지 않는 부분이 있다.

설사 그게 범죄자라고 해도 말이다.

"더군다나 위에 있는 북한이 문제입니다. 그쪽에서 조금만 제대로 도발하면 한국의 군은 꼼짝도 못 합니다."

"아, 씁……."

결국 북한에 도움을 청해서 분란을 일으키고 그 후에 후방에서 난장판을 만들어서 먹겠다는 거다.

"북한 입장에서도 손해 보는 건 없겠군."

오광훈은 거칠게 말했다.

북한이 한국에 제대로 엿 먹일 수 있게 된다는 거다.

"결정적으로 한국의 대부분의 남성은 훈련받은 군 병력 출신입니다. 사실 비슷한 조건은 일본 등지도 있지만, 그 부분 때문에 여기를 선택했을 가능성이 높습니다."

"그게 무슨 말입니까?"

검사들은 고개를 갸웃했다.

노형진은 그 부분에 대해 대충 알 것 같았다.

"갱단이라고 해서 무조건 다 훈련된 건 아니거든요. 뭐, 이건 개인적인 생각이지만요."

"훈련?"

"사실상 멕시코는 갱단과 거의 내전 상태죠. 하지만 절대 갱단이 직접적으로 내전으로 몰고 가지는 않아요. 왜 그러겠습니까?"

그들은 지방의 많은 도시를 지배하고 있고 그곳에는 공권력이 개입하지 못한다.

사실상 내전 상황임에도 불구하고 그 둘은 싸우지 않는다.

"부패 때문 아닌가요?"

어떤 검사의 말에 노형진은 고개를 흔들었다.

"그건 반만 맞습니다."

"반만 맞다고요?"

"싸우지 못하는 이유는 전력의 비대칭 때문입니다."

"네?"

"갱단은 범죄자 집단입니다. 당연히 특수전 무기를 제대로 쓸 수 있는 사람이 거의 없습니다."

탱크를 몰거나 전투기를 쓸 수 있는 사람이 없다.

당장 병력의 숫자는 많지만 그들 대부분이 전투 훈련을 받은 경험이 없다.

그저 총 연발로 놓고 주르륵 갈길 줄만 안다.

"맞습니다. 갱단들이 군을 상대하지 못하는 이유 중 하나가 그거죠. 내전과는 성향이 다릅니다."

내전이라는 건 자신의 신념에 따라 전문가가 그쪽에 투신한다. 그래서 탱크를 몰 줄 아는 사람도 있고 전투기를 몰 줄 아는 사람도 있다.

하지만 갱단은 결국 범죄 집단이다.

한두 명쯤이야 있다고 해도 충분한 숫자는 안 되기 때문에 군과 싸워서 이길 수는 없다.

"한국은 그런 의미에서 제법 쓸 만하지요. 농담 삼아서, 길바닥에 탱크를 세워 두면 15분 안에 차장에서 포수까지 다 구한다고 하지 않습니까?"

그만큼 한국에는 인재가 많다.

"설마 갱단이 전력을 확보하려고 그런다고요?"

"그건 모르겠습니다. 예상이 그렇다는 거지요."

사실 그게 제법 쓸 만한 추측이기는 하지만 반대로 그럴 가능성이 낮기는 하다.

당장 그걸 멕시코 정부가 가만둘 리도 없거니와, 한국은 환율이 무척이나 높다.

그들이 주는 보수는 멕시코에서야 목숨을 걸고 싸울 만한 돈일 수 있겠지만 한국에서는 그냥 먹고살 정도의 돈일 뿐이다.

"정부에서 가만두지 않을 겁니다."

"정상적이라면 그렇지요."

"정상적이라면……?"

"경제력이나 국가적 능력에 비해 한국의 정치 능력은 너무 낮습니다. 대놓고 말하면 상당히 부패한 곳이라는 겁니다."

"그건……."

부패한 정치인들일수록 나라를 팔아먹고 국민을 팔아먹을 가능성이 높아진다.

실제로 그런 일은 넘쳐 난다.

선거에서 이기기 위해 북한에 총을 쏴 달라고 요청하는 게 정치인들이다.

"상대적으로 높은 정치 부패도. 갱단이 가장 좋아하는 거지요."

누구도 부정할 수 없었다.

"그래도 멕시코 갱단이 한국으로 들어온다는 건 이해가 가지 않는데요."

"그 부분이 저도 이해가 가지 않습니다. 멕시코는 너무 멀어요."

조디 제퍼슨도 다소 혼란스러워하는 기색이었다.

지금까지 멕시코와 오래 싸워 왔기에 그들의 성향을 안다.

이 일은 그들의 패턴과 놀라울 정도로 유사하다.

"저라면 한국을 노리지는 않을 겁니다. 멕시코 바로 위에 미국이 있습니다. 거기에는 밀입국자들 같은 히스패닉이 가득합니다. 갱단원을 보충하는 건 어려운 일이 아니지요."

고개를 절레절레 흔드는 조디 제퍼슨.

하긴, 상식적으로 한국보다 훨씬 잘사는 미국을 두고 여기까지 갱단을 데리고 올 이유는 없다.

그 비용도 적지 않을 테니까.

"갱단을 유지하기 위해서는 숫자의 보충이 핵심적 주제입니다. 그래서 멕시코에서도 갱단은 전투원에게 막대한 돈을 줍니다. 그런데 그 돈을 항공비로 다 날린다? 글쎄요."

그 부분에 대해서는 조디 제퍼슨도 말도 되지 않는다고 생각했다.

하긴, 한국에는 히스패닉 계열의 이민자가 거의 없다.

들어올 수야 있겠지만 갱단이 활개 치기 시작하면 정부에서 그들을 가만 두고 보지는 않을 것이다.

부패하는 것과 적을 받아들이는 건 전혀 다른 문제이니까.

"혹시 말입니다."

문득 노형진의 뇌리를 스치고 지나가는 생각이 있었다.

물론 누가 들으면 헛소리라고 할지도 모른다. 하지만 지금 조디 제퍼슨의 말을 듣고 있자니 딱 그 조건이 맞는 곳은 한 곳뿐이다.

'사람은 채울 수 없지만 기술은 배울 수 있는 법이지.'

그리고 노형진은 그중 한 곳을 생각하고 있었다.

"중국은 어떤가요?"

"중국요?"

모두의 시선이 노형진에게 향했다. 좀 뜬금없는 것 같았으니까.

하지만 생각해 보면 가능한 일이었다.

"네. 대충 보면 지금 한국이 미국이고 중국이 멕시코라고 하면, 조건은 비슷한 것 같은데요?"

압도적으로 높은 환율. 어마어마하게 들어와 있는 이민자들.

더군다나 중국도 사람 목숨을 파리 목숨으로 아는 걸로 유명하다.

"하지만 이건 중국 스타일이 아닌데?"

검사 중 몇몇이 눈을 찡그리며 말했다.

중국인들의 범죄와 연관되어 본 적이 없는 검사가 없는 지경이니까.

"하지만 스타일은 바뀔 수 있습니다. 중국은 한국에서 상당히 많이 퇴출되지 않았던가요?"

"그건 그런데……"

노형진은 일이 터지고 나서 많이 고민했다.

'원래 역사에는 없던 일이 왜 터졌을까?'라고 말이다.

하지만 아무리 생각해도 그는 멕시코나 브라질 같은 곳은 건드린 적이 없다.

관련이 아예 없는 정도는 아니지만, 그렇다고 해도 이용한 수준이지 그들이 한국을 노릴 정도의 파급력을 끼칠 일은 아니었다.

'그 정도 파급력을 준 것은 중국과 일본이지.'

어쩔 수 없다.

중국이고 일본이고, 한국과 가깝고 적대적이니까.

그나마 일본 같은 경우는 그가 이용해 먹는 수준이다.

'하지만 중국은 다르다.'

오랫동안 들어와 있던 중국 조직을 한국에서 노형진은 모조리 털어 내다시피 했다.

특히 장기 밀매에 관해 중국 조직들은 싹 쓸려 나가다시피 한 상황이다.

"그동안 중국 폭력 조직은 한국에 공을 많이 들였지요. 그런데 여러 가지 이유로 한국의 공권력에 싹 쓸려 갔습니다."

노형진은 진지한 얼굴로 말했다.

그리고 그 말을 들으면서 검사들은 얼굴이 새파랗게 변했다.

"그들은 그동안 조용히 이 땅을 점령하려고 했습니다. 하지만 이제 안 된다고 생각할 수도 있겠지요. 싹 쓸렸으니까. 그러면 어떻게 할까요?"

"……."

중국의 갱단은 사실 상황이 좋지 못하다.

중국 정부는 정부가 나서서 장기 밀매를 할 정도로 미친놈들이라, 섣불리 깡패 짓을 하다가 잡히면 군이 동원되어서 밀어 버린다.

러시아? 거긴 중국인이 맞으면 중국인을 잡아간다.

일본? 물론 먹음직스럽기는 하지만 일본은 야쿠자라는 세계적 레벨의 범죄 조직이 있다.

"하지만 한국은 아니지요."

있는 조직도 규모가 작다. 그리고 치안이 좋은 편이다.

군은 민간인에게 총질하지 않고, 무기도 돌지 않는다.

"설마……."

"중국이 멕시코의 방법을 배워서 써먹는다면 한국에서 어떻게 막을 수 있을까요?"

노형진의 말에 사람들은 꿀 먹은 벙어리가 되었다.

방법이 보이지 않았으니까.

"여기에 계신 검사님들, 갱단이 무차별적으로 가족을 죽인다고 하면 끝까지 싸우실 분들이 얼마나 계실까요?"

"……."

"검사님들이야 그런 분이 계실지 모르지요. 국회의원은 어떻게 생각하십니까?"

"닝기미."

뒤에서 듣고 있던 오광훈이 욕을 뱉어 냈다.

만일 그런 상황이라면?

국회의원들은 백 명 중 아흔아홉 명은 배신하고 갱단에 붙을 것이다.

그들에게 중요한 건 돈과 권력이지 국민들의 안전이 아니다.

국민의 안전을 생각했다면 벌써 소방관을 국가직으로 바꿨을 것이다.

"중국이라……."

조디 제퍼슨은 심각한 표정으로 한참 생각에 빠졌다.

그리고 고개를 끄덕거렸다.

"충분히 가능합니다. 제가 중국에 대해 잘 아는 건 아니지만요."

하지만 여러 학회와 동료들에게 중국의 폭력 집단에 대해 들었다.

"그들의 폭력 스타일은 분명 멕시코 갱단의 그것과 무척이나 닮아 있습니다."

심지어 돈을 버는 방식도 닮았다.

"중국이라면 바로 옆 나라지요?"

"맞습니다."

"그러면 그들이 한국을 노릴 가능성도 분명 존재합니다. 사실 공포라는 건 결국 어느 나라나 마찬가지니까요."

가족이 죽는 걸 가만 두고 볼 사람은 없다.

"아마도 중국이…… 범인일 가능성이 높습니다."

검사들의 얼굴이 사정없이 일그러졌다.

"참 좋은 거 배웠네, 쌍놈의 새끼들."

회의가 끝난 후에 오광훈은 노형진에게 툴툴거렸다.

중국이라는 건 생각도 못 했다.

"군대라는 조직도 결국은 외부에서 배워 오잖아. 교도소가 왜 학교인데?"

"하긴, 자기들끼리 이것저것 배우지."

그렇게 말하며 오광훈은 혀를 끌끌 찼다.

범죄자들끼리 잘 배우는 거야 어디 하루 이틀 문제겠는가?

"아마도 한국 내의 자기네 폭력 조직이 망가지기 시작하니까 방법을 바꾼 것 같아. 조용히 세력을 키우는 건 글렀으니까."

노형진 덕분에 조용히 키운 세력 대부분이 날아가 버렸기 때문이다.

"그러니까 대놓고 온다?"

"그럴 수밖에 없어. 전에도 말한 적이 있지만 중국의 공산당은 중국의 폭력 조직에 우호적이지 않아."

그들에게 폭력 조직은 처단의 대상일 뿐이며, 아무리 좋게
말해도 싱싱한 장기 공급처일 뿐이다.

"특히 요즘은 중국이 더 난리니까."

현 총리의 독재 시스템을 굳히기 위해 외부에 알릴 실적이
필요했고 그중 하나가 바로 범죄다.

중국의 범죄율은 높은 걸로 소문났고, 그걸 줄이는 건 국
민들의 지지를 받아 내는 가장 좋은 방법 중 하나다.

"당장 한국이 범죄와의 전쟁을 왜 했는데?"

결국 지지율이 문제였고 그걸 얻는 데 성공하기도 했다.

"그러면 중국 갱단이 무차별적으로 온다는 거야?"

"한국은 바로 옆이야. 들어오는 게 어렵지는 않지."

"음……."

오광훈은 신음을 냈다.

노형진의 말대로라면 상황이 복잡해진다.

"네가 말한 계획이 가능성이 있을까?"

"이건 테러라고 했잖아. 그들이 원하는 게 있으니 당연히
그들의 존재도 곧 드러날 거야."

노형진은 혀를 끌끌 차며 말했다.

"그들을 막는 건 다른 이야기겠지만."

그게 쉽지 않을 거라는 걸 노형진은 누구보다 잘 알고 있
었다.

위기는 때로는 기회다

중국인들이 범인이라고 의심한 검찰.

하지만 의심만으로는 안 된다.

일단 수사 방향이 잘못되면 피해가 어마어마해질 테니까.

하지만 노형진은 그걸 확인할 방법을 알려 줬다.

방법은 간단했다.

한국 내 폭력 조직에 대한 수사를 멈출 것.

테러는 자신들을 공개하는 게 보통이다. 그런데 그들이 아직까지도 자신들을 공개하지 않는 것은, 반대로 말하면 달리 노리는 것이 있다는 뜻이다.

노형진은 그게 바로 한국 내 범죄 집단의 청소라고 생각했다.

어차피 한국을 점령하기 위해서는 그들을 청소해야 하니 검찰의 힘을 빌려서 한다고 말이다.

그 조언을 듣고 검찰은 한국의 갱단을 일단 놔뒀다.

그리고 얼마 지나지 않아서 예상대로의 움직임이 나왔다.

"중화영웅이라……."

범죄단체인데 이름은 참 그럴듯하게 지었다. 영웅이라니.

"저쪽에서 먼저 움직일 거라는 건 어떻게 안 거야?"

"당연하지. 공포를 품을 대상이 특정되어야 피할 수도 있으니까."

저쪽은 자신들을 중화영웅이라고 발표하고, 자신들이 한국에서 하는 일을 방해하면 한국의 사법 시스템과 전쟁을 치르겠다고 호언장담했다.

"저쪽에서는 두려울 게 없지. 한국에서는 아무리 사람을 죽여 봐야 30년 형이야. 중국처럼 사형도 없고, 감옥도 먹고 살기 참 좋게 되어 있지."

노형진은 혀를 끌끌 차며 말했다.

"그러니 저들이 무섭지 않을 수밖에."

"씨발."

오광훈은 이를 빠드득 갈았다.

실제로 그게 틀린 말은 아니니까.

중국계 범죄자들의 범죄율이 가파르게 오르고 있는 건 사실이다.

"더군다나 이렇게 중국계라고 하면 일단 일선 경찰들부터 꼼짝 못하게 되니까."

"그게 무슨 소리야?"

"여우가 호랑이의 위세를 빌린다고 하지."

살인이나 기타 사건이야 수사한다고 해도, 다른 간단한 사건 같은 건 어떨까?

"가령 중국인들이 한국인들 가게에서 보호세를 갈취한다고 하면 지역 경찰들은 어떻게 할까?"

"아……."

자기가 죽기 싫어서라도 모른 척하게 될 것이다.

중화영웅이라는 놈들은 무차별적으로 사법 시스템 종사자들의 가족을 죽이고 있으니까.

"그렇잖아도 부패해서 지역 폭력 조직과 손잡고 있는 한국 경찰이야. 자기나 자기 가족 목숨까지 걸렸다고 생각하면 지역의 중국계 범죄 조직은 절대 건드리지 못할걸."

"하지만 다 그러지는 않을 거 아냐?"

"다 그러지는 않겠지. 하지만 '대부분'이라는 말이 괜히 있는 게 아니잖아?"

일부가 양심을 걸고 싸울 수야 있다.

그리고 중국 놈들은 그 가족들을 죽일 수 있다.

그러면?

"주변에서는 입을 닥치겠지."

"으음……."

"그리고 이건 생각보다 저쪽이 머리가 더 좋은 거야."

"왜?"

"중화영웅이라는 이름을 무차별적으로 뿌렸단 말이지."

보통 갱단이나 테러범은 자기들을 특정하려고 한다.

그게 자기 자존심을 지키는 거니까.

"하지만 이놈들은 그게 아니야. 무차별적으로 이걸 뿌렸어, 특히 중국인들이 많이 사는 지역에."

"그래서?"

"사칭을 인정하겠다는 거지."

"음?"

"숫자가 많아 보일 거야."

온갖 중국인들이 중화영웅 소속이라고 주장할 테고, 그건 심각한 문제가 될 것이다.

일단 중화영웅 소속이라는 말만으로도 지역의 사법 시스템이 멈출 테니까.

"더군다나 누군가가 보복한다고 해도 추적하기 힘들지."

가령 누군가가 중국인 범죄자를 잡았다.

그놈이 출소한 후에 보복으로 그 경찰이나 그 경찰의 가족을 죽인다면?

"이게 범죄로 인한 보복 범죄인지 아니면 중화영웅 측의 테러인지, 이쪽은 알 수가 없어."

이것이법이다

"설마……?"

"맞아. 일선 경찰들은 제대로 통제되지 않을 거야."

일단 중국인 범죄가 급속도로 늘어나기 시작할 것이다.

그리고 그에 겁먹은 경찰들이 사직하거나 이직하거나 그들과 손잡을 거다.

"저쪽에서 제대로 작심한 것 같은데."

노형진은 혀를 끌끌 찼다.

"아마 오래는 걸리지 않을 것 같다."

노형진의 우려 섞인 말에 오광훈은 아무런 말도 할 수가 없었다.

노형진의 예상은 정확하게 맞아떨어졌다.

"여경들이 죄다 내근직으로 돌려 달라고 아우성입니다."

경찰청과 검찰들이 모여서 하는 회의의 분위기는 심각하다 못해서 무거웠다.

"그게 무슨 말입니까?"

"평택 쪽에서 순찰을 돌던 여경 팀이 납치되어 집단 강간 및 살해되었습니다. 순천 쪽에서도 실종된 여경만 다섯 명입니다. 겁을 먹은 여경들이 죄다 내근직으로 돌려 달라고 빌다시피 하는 수준입니다. 몇몇은 그냥 사표를 냈습니다."

한국은 여경을 뽑을 때 특혜를 주면서 뽑는다.

그렇다 보니 제대로 된 전투력을 가진 여경은 흔하지 않았고, 다급한 지원 요청에 다른 순찰차가 갔을 때 차는 부서져 있었고 여경들은 납치된 후였다.

국과수는 족히 스무 명 이상의 남자가 몰려들었다고 판단했다.

"그리고 그게 자기들 짓이라고 중화영웅 쪽에서 발표했습니다."

"망할 놈들."

"일단 남성들을 다 외근으로……."

쾅!

듣고 있던 경찰청장은 결국 발끈해서 탁자를 내리쳤다.

"이 새끼들아! 지금 장난해? 뭐, 여자는 죄다 내근으로 돌리면? 순찰은? 어?"

"그게……."

"이 새끼들아! 지금 대림동에서 이번 주에만 여섯 명 죽었어! 여섯 명! 그중 두 명이 총 맞아서 죽었어!"

"……."

"남자고 여자고, 경찰에 그런 게 어디에 있어!"

"하지만 청장님, 제대로 싸워 보기라도 하려면 남자를 돌려야……."

"미친 새끼들아! 남자는 뭐 대가리에 총알을 맞아도 멀쩡하냐? 남자 대가리는 티타늄 합금이야? 너희들도 대가리에 총알부터 박아 줄까?"

경찰청장은 화를 낼 수밖에 없었다.

해결책을 가지고 오라는데 죄다 몸만 사리고 있으니까.

"하다못해 경찰에 총이라도 지급해야 할 거 아냐!"

"그랬다가 총격전이 벌어지면 우리가 욕먹습니다."

"아오, 이 새끼들이 증말."

결국 경찰청장은 눈이 돌아갔다.

"너희들 죄다 대림동 순찰로 돌려 버릴 거야! 무슨 소리인지 알아!"

"처, 청장님!"

"생때같은 후배 부하들이 범죄자들한테 죽어 나가고 있는데 고작 한다는 소리가 내근으로 돌리자고? 씨발, 그러면 지역 주민들이 중국 애들한테 당하는 건 어쩔 건데? 대림동에 지난주 살인이랑 강간, 강도 사건이 400%가 늘었어, 이 씨발 새끼들아!"

"……."

"그런데 고작 한다는 소리가 '순찰을 늘리겠습니다.'에, 순찰자가 위험해지니까 '내근시키겠습니다'? 왜? 아예 상근이나 공익을 순찰 돌리지 그러냐?"

"……."

"이 씨발 새끼들이, 편하게 줄서서 승진해서 눈에 뵈는 게 없지?"

경찰청장이 발끈해서 지랄 지랄하자 다들 말도 못 했다. 그 말이 맞으니까.

한국의 경찰은 이런 집단적 공격에 대응 시스템이 전혀 없었다.

다급하게 어찌해 보려고 하지만 해 본 적이 없는 일에 대응하는 법은 몰랐다.

"그만하시지요, 청장님."

"하지만 총장님, 이게 지금 그만할 일입니까? 지금 당장 군이라도 동원해야 합니다!"

"알고 있습니다."

검찰총장도 한숨을 쉬었다.

범죄 조직이 미쳐 날뛰는데 감도 못 잡고 있다.

숫자가 얼마인지, 무력은 얼마나 되는지, 무장은 어떤지도 모른다.

"지금 총기가 발포된 곳이 몇 곳이지요?"

"서울에 대림과 영등포 두 곳이고, 전국적으로는 여덟 곳입니다."

총장에게 조심스럽게 말하는 검사.

검찰총장은 얼굴이 어두워졌다.

"결국 그들이 무장했다는 건 확실한 거군요."

"맞습니다."

"하지만 어떻게……."

"애초에 만구파 사건에서 보다시피 한국에서 총을 유통하려고 하면 못 할 건 없었습니다."

만구파 사건 때 소총에서부터 지대공미사일까지 나왔다.

그날 이후로 한국은 총기 안전국이라는 말을, 사람들은 더 이상 믿지 않았다.

"프로파일러들의 분석에 따르면 총기 사용은 고의적 행동이라고 보입니다."

"어째서요?"

"저쪽이 무장을 시작했습니다. 그러면 이쪽도 무장해야 하니까요."

그리고 지금 경찰이고 검찰이고 죄다 겁먹은 상황이다.

총기 자유국인 미국조차도 총기를 쓰는 경찰이 과잉 공격을 하는 경우가 많다.

총이라는 건 먼저 쏘는 놈이 훨씬 유리하기 때문이다.

"만일 사고가 나서 민간인을 쏘면 우리 검찰과 경찰이 불리해집니다."

전이라면 당연히 금지하겠지만 저쪽에서 무장한 걸 뻔하게 아는데 하지 말라고 할 수는 없다.

"그러다가 중국인 민간인이라도 쏘는 날에는……."

"중국과의 분쟁이 터지겠지."

어렵지 않게 예상한 검찰총장은 긴 한숨을 내쉬었다.

중국은 극도로 이기적인 나라다.

자기 나라 범죄자가 무장하고 경찰과 검찰을 습격하는 건 문제가 되지 않지만, 중국인이 총에 맞아서 죽는 건 문제가 된다.

"현 상황에서 중국이 우리 쪽을 이해해 주지도 않을 것 같고요."

"그러면 어쩌란 말입니까! 우리는 뭐, 총 맞고 뒈져요?"

경찰청장은 발끈했다.

"그럴 수도 없고."

차라리 완전무장 했으면 군을 동원해서 쓸어버리면 되는데, 반군이나 테러범도 아니고 그냥 범죄단체다.

그러니 군을 동원할 수는 없다.

"각하께서는 뭐라고 하십니까?"

"각하께서는 가능하면 중국을 건드리지 말라고 하십니다."

좌중은 긴 한숨을 쉬었다.

"그게 무슨 말입니까? 우리보고 그냥 죽으라는 겁니까?"

"……."

"그렇잖아도 무식한 게 중국 놈들입니다. 그런데 그 새끼들이 이제 총까지 쏴 대고 있는데 정중하게 대하라고요? 그걸 지금 말이라고……."

"어허! 이 사람이 못 하는 말이 없어!"

"아니, 할 말은 해야겠습니다. 총 맞고 길바닥에서 죽는 건 우리 애들이잖아요! 그런데 국가 분쟁을 감안해서 대응하라고 하면…….”

“그랬다가 중국에서 반한 시위라도 터지면 어쩌려고 합니까!”

만일 한국에서 범죄자와의 총격전 중에 중국인이 죽으면?

그동안의 중국의 행동을 봐서는 한국인 경찰이 무고한 중국인을 사살했다고 주장하기 시작할 게 뻔하다.

그리고 그걸 핑계 삼아서 중국은 한국 정부를 압박하고 닥치는 대로 뜯어 가려고 할 것이다.

“현 상황에서 우리가 어떻게 할 수 있는 방법이 없지 않습니까?”

“…….”

현실적으로 경찰과 검찰 병력으로는 이들을 제압할 수 있는 방법이 없다. 신분조차도 특정되지 않았고 그 숫자가 한두 명이 아니니까.

“최선을 다해서…… 막아 봅시다.”

“최선이라…….”

좌중에는 그저 침묵이 흘렀다.

⚖️

“최선? 지랄맞은 소리 하고 자빠졌네.”

오광훈은 툴툴거리며 말했다.

검찰의 대응책은 간단했다.

검찰과 고위 관계자의 가족에게 경호 인력을 붙이겠다는 거다.

"망하려고 환장했네."

"너도 그렇게 생각하지?"

"아, 씨발. 범죄자 출신인 나도 무슨 일이 벌어질지 뻔히 보이는데 무슨 개 같은 소리야?"

검찰이 경호 인력을 붙인다는 게 개인 돈으로 경호원을 사서 붙인다는 건 아니다.

당연히 경찰 인력을 차출해서 붙인다는 거다.

그런데 현실적으로 한 검사당 못해도 네 명 이상의 경찰이 붙어야 한다. 교대해야 하니까.

그 말은, 일반인에 대한 경찰 업무는 사실상 멈춘다는 걸 의미한다.

하지만 지금은 그게 문제가 아니었다.

"경찰 가족은 뭐? 그냥 나가 뒈져라 이거야?"

오광훈이 발끈하는 그 이유, 그건 간단하다.

경찰이 검찰의 가족을 지키는 사이 정작 경찰의 가족은 누가 지켜 준단 말인가?

그들은 검찰뿐만 아니라 경찰의 가족도 노리고 있다.

벌써 경찰들은 공포에 사직서를 내던지고 있다.

"그나마 유일하게 좋은 건 그거네."

제대로 경찰 업무를 하려고 경찰을 지원한 게 아니라 월급 쟁이 개념으로 월급 도둑질이나 하려고 들어왔던 놈들이 진짜로 자기 목숨이 위험해지자 서둘러서 사직서를 내고 있다는 것 하나만은 좋다고 노형진은 씁쓸하게 웃었다.

　"웃지 말고. 이거 어쩌냐? 이거 해결책 있냐?"

　"군대를 동원하기 전에는 어림없지. 지금 한국에 중국인이 얼만데."

　지금 한국에 들어와 있는 중국인만 몇백만 명이다.

　그리고 그들 중 질이 좋지 않은 놈들은 중화영웅이라는 단체의 이름을 팔아서 온갖 범죄를 저지르고 있다.

　"지금 자칭 중화영웅 소속이라고 하면서 벌어진 강간 사건만 열두 건이다. 그런데 경찰이 거기에 손대지 않으려고 해."

　사건 서류를 던지면서 긴 한숨을 내쉬는 오광훈.

　"내 사건만 이 지경이야. 겉으로는 돌아가는 것 같지만 내부적으로 보면 중국 쪽에 대한 수사는 올 스톱 상태야."

　"지금까지 대한민국 경찰과 검찰은 저항을 받아 본 적이 없으니까."

　그들은 국민을 때려잡는 데 특화되어 있다.

　그래서 절대적으로 불리한 상황에서 감시당하거나 공격당할 때는 대응책이 없었다.

　그나마 있는 대응책은 중국에서 불편해한다는 외교부의 말 때문에 써먹지도 못하고 있다.

"그나마 나온 대응책이 스턴 건인데……."

사실 가장 효율적인 방법이기는 하다.

문제는 경찰과 검찰이 가지고 있는 스턴 건이 많이 부족하다는 거다.

경찰서당 많아 봐야 열 개 정도인데, 한 경찰서당 경찰이 이백 명은 넘으니까 나머지는 못 받는다는 거다.

다급하게 스턴 건을 주문하기는 했지만 전부 공급될 때까지 시간이 오래 걸린다.

"더군다나 애초에 스턴 건은 근접 제압용이야."

날아가는 힘이 약해서, 사거리가 10미터만 넘어도 맞을 가능성이 떨어진다.

더군다나 스턴 건은 대부분 단발식이다.

즉, 그게 빗나가면 그냥 쓰레기가 된다는 거다.

"그런데 중화영웅? 그 새끼들은 총을 가지고 있다며?"

권총만 해도 사거리가 몇 배는 되고 탄창 수는 비교도 못한다.

"도대체 어쩌다……."

"그러니까."

사실 노형진도 당혹감을 감출 수가 없었다.

회귀 전의 역사에 대해 알고 있기에 많은 것에 대응할 수 있었는데 이건 전혀 없던 일이니까.

'역시 한국에서 중국 조폭 세력을 몰아낸 게 원인인가? 도

대체 얼마나 규모가 크면 이 지랄을 할 수 있는 건지.'

노형진은 저도 모르게 고개를 흔들었다.

"야, 방법 없냐?"

"최소한의 정보라도 있어야 대응법을 세우지. 나도 그놈들 관련된 정보는 하나도 없다고."

"혹시 말이야…… 중국에서 계획한 거 아닐까?"

"그건 무리야."

노형진은 고개를 흔들었다.

물론 중국이 후안무치하고 극악한 나라인 건 안다.

"하지만 기본적으로 국가의 틀은 가지고 있다고. 너 해외에 있는 중국인이 얼마나 많은지 알아?"

"글쎄."

"현실적으로 이게 중국에서 실행한 거라고 하면 다른 나라들은 이제 중국의 이민을 안 받아들여. 아니, 그게 문제가 아니라 자국 내에 있는 모든 중국인을 추방하는 방향으로 흘러가겠지. 그러면 현실적으로 중국은 돌아온 그들을 먹여 살릴 방법이 없어."

더군다나 국제사회에서 믿음이라는 것은 상당히 중요한 문제다.

당장 자국 내에 손해가 발생한다고 해도 조약을 없애지 못하는 것은, 믿음이 사라지면 국제사회에서 고립되기 때문이다.

"만일 이게 중국의 설계라고 한다면 전 세계 누구도 중국인과 거래하지 않으려고 할 거야."

한창 성장하려고 하는 중국 입장에서는 그건 치명적인 약점이 될 게 뻔하다.

"내 생각에는 중국의 설계라기보다는 중국이 모른 척하고 있다는 쪽이 맞겠지."

"모른 척한다?"

"한국이 분란이 심해질수록 유리해지는 것은 그들이니까."

자국 내 폭력 집단을 외부로 내쫓는 효과와 더불어 한국에서의 영향력을 확대할 수 있는 기회다.

"하지만 장기적으로 중국인들을 한국에서 받지 않는 거 아냐?"

"미안하지만 그렇게는 안 될걸."

"아니, 왜?"

"미국을 봐. 그렇게 테러범들을 무서워하지만 그래도 이슬람과 교류하잖아. 지금은 21세기야. 혼자서는 못 살아."

"니미, 씨벌. 아, 그냥 조폭일 때가 좋았지. 생각 없이 살아도 되고."

툴툴거리는 오광훈.

그의 얼굴에는 피곤이 가득했다.

당연하다. 지금은 모두가 비상 상태다.

멀쩡하게 퇴근?

도리어 그게 위험하다. 퇴근하다가 습격당할 수도 있으니까.

"새로운 정보는 없어?"

"저쪽에서 상당 기간 준비했다는 정도?"

"그건 뭔 소리야?"

"일 터지고, 검찰이고 경찰이고 죄다 난리가 났잖아."

당연히 가족들을 안전한 곳으로 대피시키려고 하는 게 정상이다.

돈이 있는 사람들은 가족들을 안전한 호텔로 보냈지만 돈 없는 경찰들은 가족들을 외가 쪽으로 보냈다.

보통은 추적한다고 해도 경찰의 집만 추적하는 게 보통이니까.

"그런데 외가 쪽도 몰살당했나 봐. 아내와 아들 그리고 외가 쪽 식구 세 명까지."

"미친."

"그래서 경찰들이 거의 멘탈이 나간 상태야. 정부에서는 쉬쉬하고 있지만, 이게 쉬쉬한다고 넘어갈 일이냐?"

"그 정도로 정보가 새어 나갔다는 건 내부에 스파이가 들어 있다는 증거네."

"그러니까."

당연히 정보를 몰래 빼돌리기 위해서는 상당한 기간을 보내야 한다.

"아주 첩첩산중이군."

"대통령도 어떻게 하지 못하는 모양이야."

"끄응……."

노형진이 홍안수를 좋아하지 않고 쫓아내려고 한다지만,
그렇다고 해서 한국인들이 이렇게 당하는 건 원하지 않는다.

"방법은 하나뿐인 것 같네."

"응? 어떻게? 설마 방법이 있어?"

"일단 사망자는 줄여야지."

노형은 이를 빠드득 갈며 말했다.

"그리고 그놈들을 잡아야지."

노형진은 곧바로 유민택을 찾아갔다.

"안전을 위해서라도 아파트를 제공해 주실 수 있겠습니까?"

"아파트라……."

"네. 제가 알기로는 대룡에 미분양 아파트가 있을 텐데요."

"그건 그렇지. 하지만 그건 다 지방 아파트들이야."

"상관없습니다. 지금 그게 중요한가요?"

"으음……."

약간 거북한 표정이 되는 유민택.

하긴, 멀쩡한 새 아파트를 무상으로 제공하라고 하면 회사
내부에서 한 소리 나올 수밖에 없으니까.

"내가 회장이라고는 해도 그 정도 권한은 없네. 한두 명도 아
닌 수만 명이야. 그들에게 무상으로 어떻게 제공하란 말인가?"

노형진은 고개를 흔들었다.

하긴, 대부분은 다 그런 생각을 할 것이다.

"이사들이 그렇게 이야기할 거라는 말씀이시죠?"

"그래. 한두 채도 아니고 족히 몇만 채를 무료로 공급해야
하는데……."

"그 정도 물량이 없는 건 아니지 않습니까? 강진 쪽은 미
분양 사태가 제법 강할 텐데요."

"크흐……흠."

유민택이라고 해서 모든 사업이 다 성공하는 건 아니다.

강진 쪽은 대형 아파트 단지를 세웠는데 벌써 1년 넘게 분
양이 이루어지지 않고 있다.

"그게 나갈 거라고 생각하십니까?"

"하아…… 그건 그렇지. 돈 먹는 하마야, 완전."

아파트를 지을 때 당연히 은행에서 돈을 빌려서 사업했다.

그리고 그게 분양되지 않는 바람에 대룡은 매달 수십억을
이자로 내고 있다.

당연히 원금을 갚을 방법도 없고 말이다.

"이번에는 타격이 너무 커."

"그래서 살려 드리려고 하는 겁니다."

"무슨 말인가? 경찰에게 주면 그들이 그걸 사기라도 할 거
라는 건가?"

"맞습니다."

"아니, 왜?"

"자라 보고 놀란 가슴, 솥뚜껑 보고 놀란다고 하지요."

검찰과 경찰 그리고 법원 사람들의 가족들이 무차별적으로 공격받고 있는 상황이다.

그런데 이 세 집단은 공격받는 건 같지만 대응은 다르다.

"검찰이나 법원에서 일하는 사람들 중에는 부자들이 제법 많습니다."

"그건 그렇지."

"그들은 자기들을 스스로 지킬 수 있습니다. 하지만 경찰은? 아니죠. 지금 경찰 내부에서 불만이 심각한 걸 아실 겁니다."

아버지를 불러서 검찰과 법원의 가족을 지키라고 시키면서 정작 경찰의 가족에 대한 대책은 전혀 없다.

자기 가족이 죽을 판국인데 남을 지켜야 하는 자괴감에 경찰들은 사표를 던지기도 하는 상황이다.

"그런데?"

"지금 상황에서 중요한 건 보안입니다. 아마도 경찰은 보안을 위해서라면 가족들의 이사 정도는 충분히 받아들일 겁니다."

"으음…… 자세하게 이야기해 보게."

노형진에게 몸을 가까이 하는 유민택.

그렇잖아도 강진의 그 대량의 미분양 주택을 어떻게든 처분하고 싶지만 방법이 없어서 이사진에게 한 소리 하고 온 차였으니까.

"아파트 주변으로 담장을 세우고 보안 시스템을 갖추면 됩니다."

"으음?"

"그거 돈이 많이 드나요? 그렇진 않을 텐데요."

"그건 아니지."

물론 그 비용이 적게 드는 것은 아닐 것이다.

하지만 거대한 아파트 단지를 팔아서 얻는 이익에 비하면 말 그대로 새 발의 피다.

"급한 대로 일단은 철조망 정도면 되겠지만, 시간이 지나면 제대로 된 담벼락과 적외선 감지기도 있으면 좋겠지요. 그리고 상황이 된다면 전기 철조망도 나쁘지 않을 테고요."

"그 정도로 돈이 들면 나중에 적자가 될 텐데. 경찰들이 나간 후에는 문제가 되지 않겠나?"

노형진은 피식 웃었다.

"거기서 저와 회장님 사람들의 차이가 나는 겁니다."

"무슨 차이 말인가?"

"회장님 쪽 사람들은 그걸 팔아서 돈을 벌어야 한다고 생각하지요?"

"그렇지."

"저는 일단 맛을 보여 주려고 하는 겁니다."

"맛?"

"이 사태가 잠잠해지면 경찰들이 안심하고 가족들을 다시 본가로 불러올 것 같습니까? 제가 아는 사람의 마음은 그렇지 않아요."

어찌어찌 중화영웅 놈들을 잡았다고 치자.

그러나 그런다고 해서 중국 놈들이 사라진 건 아니다.

그리고 한번 한국에서 그렇게 난리를 친 놈들이 또 그런 짓을 하지 말라는 법은 없다.

"기존에는 한국에서 경찰의 가족을 건드리는 사람이 없었습니다."

설사 범죄자라고 해도 그런 경우는 무척이나 드물었다.

한다고 하면 온 경찰이 사력을 다해서 잡아냈다.

"하지만 이제는 아니지요."

중국이라는 거대한 집단의 공격.

그리고 한국 사법 시스템은 거기에 저항하지 못하는 약점을 드러냈다.

"으음? 그래서?"

점점 호기심을 가지게 되는 유민택.

그는 어느 사이엔가 아주 바짝 노형진에게 다가와 있었다.

"현실적으로 이 사건의 파급력은 2년 이상 갈 겁니다. 최소한요. 공포를 느낀 경찰들과 낮은 직급의 검찰들 그리고 판사들은 갈 곳이 없습니다."

이것이法이다

뇌물도 직급이 되어야 받아 처먹는 거다.

낮은 직급의 사람들은 갈 곳이 없는 게 현실이다.

경찰 월급이야 뻔한데 경호원을 고용할 수는 없다.

"그런데 미분양 아파트를 완전 보안 구역으로 만들면 어떨까요?"

"완전 보안 구역?"

"담을 넘을 수도 없고, 입구는 보안 시스템으로 신분을 확인하는 거죠. 그리고 그런 대형 아파트 단지에는 무조건 학교가 있습니다."

"호오? 그렇지. 그게 법이니까."

일정 이상의 호수가 들어가는 아파트는 무조건 내부에 학교를 만들게 되어 있다.

당연히 그 안에는 어린이집부터 고등학교까지 제대로 있다.

"대룡에서 거기에 투자해서 학습을 지원하게 되면 어떻게 될 것 같습니까?"

"나가려고 하지 않겠군."

그곳은 안전하다.

요즘 그런 아파트들은 대부분 인프라가 안에 있으니 먹고 사는 문제도 거의 전부 해결된다.

급하게 이사 가는 것이니 몸만 가는 셈일 테지만, 공포 때문에 가벼운 외출조차 꺼리는 상황이라면 사람들은 차라리 안전한 곳으로 이사하고 싶어 할 것이다.

"이런 경우에 가장 큰 문제는 문화생활이지만……."

"내부에 문화생활이 가능한 곳이 있지. 뭐, 규모가 좀 작기는 하지만 그걸 고치면 되겠군."

몇만 호 정도 되는 아파트 단지다.

그곳을 엮으면 충분히 수요가 나온다.

"거기에다 지방 아파트라 가격이 싸지요."

경찰이 아무리 노력해도 서울에서 아파트를 살 수는 없다.

하지만 지방 아파트라면?

그것도 가족의 안전을 보장할 수 있는 아파트라면?

"너도나도 사려고 하겠군."

기러기 아빠라는 건 한국의 아버지들에게 낯선 건 아니다.

더군다나 경찰이라면 도둑을 잡기 위해 집에 자주 가기 힘든 것도 사실이다.

"경찰의 가족이 모여서 사는 아파트촌이라……."

"경찰뿐만이 아니죠."

경찰과 검찰 그리고 판사까지, 아직 고위 직급에 가지 못한 사람들은 그곳에 살게 될 것이다.

'안전'하니까.

"그들을 포섭하면 대룡의 미래가 될 테고요."

"으흐흐흐흐…… 마음에 들어."

경찰이야 그렇다고 쳐도 검사와 판사는 확실히 쓸 만하다.

"경찰들에게 알려 준다면 그들은 대출을 받아서라도 그 아파트를 살 겁니다. 아니, 애초에 대부분의 사람들이 대출을 받아서 아파트를 사지 않습니까?"

"그건 그렇지. 맞아. 지방 아파트라 가격이 낮아서 일선 경찰들도 대출만 조금 받으면 살 수 있지."

유민택은 고개를 끄덕거렸다.

"그리고 이쪽에서는 보안 시스템을 확충하는 거죠."

그것도 초반에야 심하지, 나중에 이 문제가 해결되면 심하게 보안을 올릴 필요까지는 없다.

담벼락을 감시하는 시스템과 입구만 막아도 된다.

"더군다나 그런 구조로 되어 있으면 가족들이 서로 믿게 되죠."

누군가 낯선 사람이 어떻게 들어오기라도 하면 바로 티가 날 수밖에 없다.

"신고가 들어오면 보안 팀이 가든가 경찰이 가든가 하면 되겠군."

"만일 거기에 경찰이 배치된다면 아마 엄청 빡세게 일할 겁니다."

거기에 있는 사람들은 다 자기 가족이니까.

"거기에다 한 가지 덤을 더 붙여 주는 거죠."

"덤?"

"공동생활 시스템을 붙이는 겁니다. 현실적으로 기러기 가족이 가장 힘들어하는 것 중 하나가 바로 이중으로 나가는 생활비입니다."

가족들은 지방으로 보낸다 해도 소속 근무지에서 일해야 하는 사람들은 어쩔 수 없이 따로 살아야 한다.

"그걸 이쪽에서 공동생활이 가능하도록 하는 거지요."

"공동생활이라……."

"서울에 있는 대룡의 아파트를 하나 써도 되고, 아니면 빌라를 얻어도 되고 집을 얻어도 되고."

물론 그 돈을 대룡에서 내주는 건 아니다.

다만 직장 근처에 생활할 수 있는 공간을 만들고 신청받고 그들이 생활할 수 있게 해 주면 되는 거다.

서울에서 월세 하나를 얻는다고 하면 보증금과 방세가 많이 든다. 방세야 같이 낸다지만, 보증금은 제대로 된 집은 억 단위로 들어가는 경우가 많다.

"하지만 보증금은 돌려받는 거지요."

그러니 대룡에서 보증금을 내주고 경찰에게 월세는 당신들이 부담하라고 하면? 과연 그들이 안 낼까?

"남자들은 생각보다 많은 공간을 쓰지 않습니다."

더군다나 경찰들은 근무로 인해 집이라는 공간이 말 그대로 잠만 자는 공간이다.

그러니 30평쯤 된다고 하면 여섯 명은 살 수 있다.

일반적으로 월세가 60만 원이라고 하면 못 낼 정도로 부담스러운 건 아니다. 1인당 10만 원선이니까.

이것이 법이다

"당장 그렇게 살지 못하는 이유는 간단합니다. 방을 이중으로 구할 돈이 없다는 것이 문제이지요."

노형진의 말을 듣고 있던 유민택은 가능성이 있다는 생각이 들었다.

당장 대룡이 매달 내고 있는 이자만 수십억이다.

그것만 세이브해도 그런 집들을 구하는 건 어렵지 않다.

"그런 집을 구하는 게 쉽지는 않겠지만……."

"전 그렇게 생각하지 않는데요."

"응?"

"가족들이 다 이사 가면 어차피 서울에는 집이 남지 않습니까?"

"……!"

유민택의 눈이 크게 뜨였다.

"꼭 가진 집을 팔지 않아도 충분히 가족들을 이사 보낼 수 있는 사람도 있겠죠."

원래 살던 집이 아직 담보로 잡혀 있다면 어쩔 수 없이 팔고 이사 가야 하겠지만, 빚을 갚았다면 굳이 기존의 집을 팔아서 이사할 이유는 없다.

결국 대출받아서 사는 건 마찬가지이니까.

"그렇군. 기존에 살던 집! 그게 있었어!"

"그걸 돈을 주고 빌리겠다는데 과연 싫다고 할까요?"

경찰의 관계는 상당히 끈끈하다.

위험한 순간에 서로가 서로를 지켜 줘야 하기 때문이다.

그래서 보통 동료 경찰을 '가족'이라고 많이 부른다.

"저항감도 덜하겠군."

그리고 이쪽에서 수익을 조금만 포기하면 골칫덩어리로 전락한 아파트를 완전히 털어 버릴 수 있다.

"물론 처음부터 사라고 할 수는 없습니다. 그러면 부담을 느낄 테니까요."

그러니 일단은 긴급 지원 형태로 무상 입주시키면 된다.

애초에 아직은 제대로 된 인프라도 없는 상황이니 어쩔 수 없다.

"학교를 임시로 운영하고 흡수하면서, 점차 임대로 돌리는 거죠."

그러면 안전 때문에 거기에 하나둘 살기 시작하게 될 것이다.

"그리고 사태가 끝나면 내보내면 됩니다."

물론 이미 공포를 맛본 사람들은 나가려 하지 않을 것이다. 하물며 경찰도 그런데 가족이 그 공포를 이겨 내는 건 쉽지 않을 테니까.

"아이들이라면 더욱 그럴 테고요."

"으음……."

그러자 유민택의 얼굴에 다소 불편한 기색이 어렸다.

노형진은 그걸 보고 그가 왜 그러는지 알아차렸다.

"사진을 보셨나 보군요? 대외비일 텐데요?"

"우리는 대룡이야. 그 정도 정보는 얻을 수 있네."

그가 불편해한 이유는 간단하다.

그 중화영웅이라는 놈들이 아이들의 목을 잘라서 던져 둔 사진이 떠올랐던 것이다.

"그걸 막기 위해서라도 우리가 나서는 게 좋겠군. 자네 말대로라면 우리도 손실을 많이 줄일 수 있을 테고."

"서로 윈윈이라고 하는 거죠. 물론 보안 시스템을 정말 제대로 만드셔야 할 겁니다."

"걱정 말게. 그건 확실하게 해 두지."

유민택은 고개를 끄덕거렸다.

"그런데 자네가 봤을 때 이 사태가 얼마나 갈 것 같나?"

"놈들이 잡힐 때까지의 기간을 말씀하시는 겁니까, 아니면 이 공포가 사라지기까지의 기간을 말씀하시는 겁니까?"

"둘 다."

"전자는…… 잘 모르겠습니다. 그 미친놈들에 대해 알려진 게 전혀 없어서요. 후자라면…… 못해도 10년은 갑니다."

"무슨 뜻인지 알겠네."

유민택은 고개를 끄덕거렸다.

"내가 사장단과 이야기해서 빠른 시간 내에 진행하지."

노형진은 고개를 끄덕거렸다.

"잘 부탁드립니다."

⚖️

　─저희 대룡은 이 비극적 사태에 대해 경악을 금치 못하고 있습니다. 한국의 사법 시스템을 지키는 수많은 경찰과 검찰 그리고 판사의 가족들이 위험에 빠졌는데도 그들을 적절히 보호하지 못하는 현 상황을 가만 두고 볼 수 없다고 저희 대룡에서는 판단했습니다. 이에 저희는 미분양 아파트에 보안 시설을 증축하고 원하시는 모든 경찰과 검찰 그리고 법원 종사자의 가족들을 보호하기로 했습니다. 현재 익명의 지역에 있는 아파트에 추가 보안 시스템이 설치되고 있습니다. 또한 학생들을 위한 긴급 교육 지원을 교육청에 요청했습니다. 저희 대룡에서는 해당 지역을 3개월간 무상으로 경찰과 검찰 그리고 법원 등 사법 시스템 종사자들과 그 가족들에게 제공할 것이며, 3개월 이후에는 최대 1년까지 보증금 없이 최저한의 임대료로 임대하기로 결정하였습니다.

　대룡의 갑작스러운 발표에 사람들은 역시 대룡이라면서 찬사를 아끼지 않았고, 몇몇 사람들은 눈물을 흘리면서 감사 인사를 건넸다.
　사실 나가서 범인을 잡는다고 일한다지만 가족 걱정에 눈물로 밤을 새운 게 어디 하루 이틀이겠는가?
　"아주 난리가 났더라."
　오광훈은 고개를 절레절레 흔들며 말했다.

"그래?"

"그래. 평검사들은 혹시나 거기서 떨어질까 봐 손이 부들부들 떨린다."

"그 정도야?"

"그 미친 새끼들 공격이 평검사들한테까지 미쳤으니까."

처음에는 고위직에 대한 공격이었지만 거기에 경호 인력이 붙기 시작하자 중화영웅은 일반 경찰과 평검사, 평판사 등의 가족을 무차별적으로 공격하기 시작했다.

어차피 그들의 목적은 사법 시스템의 붕괴라서 대상이 누구든 상관없으니까.

"하긴. 자리가 충분할지 모르겠네."

노형진은 자리가 충분할 거라 생각했다.

하지만 당하는 사람들의 입장에서는 아니었다.

본가뿐만 아니라 친가 그리고 외가도 결국 가족의 범주에 들어가기에, 그들에게도 해가 갈까 두려워 그들도 이주시키려고 하기 시작했던 것이다.

"일단 저기에 들어가면 당분간은 안전하겠지?"

"당분간은."

노형진은 고개를 끄덕거렸다.

누군가를 죽이기 위해서는 먼저 납치를 해야 하는데, 거기에서는 납치한다는 것 자체가 불가능하다.

노형진이 듣기로는 철책도 단순 철책이 아니라 감지기로

인식되는 철책이라, 그걸 뚫는 순간 온 동네에 사이렌이 울리게 해 둔다고 했다.

단순히 보안실에만 울리게 하지 않고 그렇게 하는 이유는 간단하다.

보안실에서 구멍 난 곳을 확인하는 사이 사건이 벌어질 수 있기 때문이다.

하지만 온 동네에 사이렌이 울리면 길거리에 있던 사람도 집에 서둘러 돌아가거나, 멀거나 여의치 않으면 주변의 안전한 경비실이나 보안실로 피할 수 있다.

"머리는 진짜 잘 썼네."

범인이 누군지 모르지만 그 상황이면 절대 아무도 죽이지는 못하리라.

"남은 건 그 중화영웅인지 뭔지 하는 놈들을 잡는 건데, 가능하겠어?"

"글쎄."

노형진은 잠깐 침묵을 지켰다.

"가능할지 아닐지는 모르지. 하지만 한 가지는 확실해."

"어떤 거?"

"무조건 잡아야 한다는 거."

오광훈은 고개를 끄덕거렸다.

"잡아야지. 무조건 잡아야지."

두 사람은 굳은 얼굴로 중얼거렸다.

무조건 잡고 만다

"생각보다 그 숫자가 많지는 않을 겁니다."

"뭐라고요?"

노형진 덕분에 가족들의 안전이 어느 정도 보장되자 경찰과 검찰에서는 이를 박박 갈기 시작했다.

그래서 이례적으로 노형진을 내부 회의에 참석시켜 줬다.

그들도 하나하나 규정을 따질 상황은 아니니까.

어떻게든 그 중화영웅이라는 이름의 범죄 조직을 잡아야 하니까.

그런데 노형진의 말은 모두의 의견과 달랐다.

"전 그들이 백 명에서 이백 명 내외라고 생각합니다."

"그게 말이나 됩니까? 지금 희생자가 몇 명인데요!"

"다중 살인이라면 충분히 가능합니다."

"고작 몇백 명이 한국을 먹겠다고 저 지랄이라고요?"

"말도 안 됩니다. 그놈들은 못해도 3천 명 이상의 숫자일 겁니다."

고작 몇백 명이 한국을 뒤집는다는 말을 검사들은 믿을 수가 없었다.

하지만 노형진의 생각은 좀 달랐다.

"처음에는 저도 그렇게 생각했었습니다. 하지만 그들의 행동 패턴을 보면, 자신들의 모습을 드러내지 않으려 한다는 걸 알 수 있습니다."

"그래서요?"

"애초에 일단 중화영웅이라는 이름에서부터 시작을 해 볼까요?"

중화영웅. 말 그대로 중국의 영웅이라는 의미다.

원래는 오래된 영화의 제목이었지만.

"즉, 자신들이 중국을 대표하는 집단인 양 행동하고 있단 말입니다. 그런데 그들은 범죄 조직입니다. 말이 안 되죠."

"말이 안 된다고요?"

"뭔가를 대표한다고 주장하면서 움직이는 것. 그건 확신범들의 행동 패턴입니다."

자신이 뭔가를 위해 싸우고 목숨을 건다고 생각하는 놈들.

그놈들이 보통 이런 식으로 행동한다.

확신범 또는 신념범이라고 주장하는 놈들.

그들이 행동할 때 국가와 민족을 많이 판다.

"그런데 그런 놈들은 범죄는 잘 저지르지 않습니다."

"지금 살인이 범죄가 아니라는 겁니까!"

"살인이 범죄가 아니라는 게 아니라, 대상이 달라진다는 겁니다."

확신범들은 자신들이 적이라고 생각하는 사람들에 대해 대표적인 적을 특정하고 공격한다.

정치인이라든가 대통령 같은 사람들 말이다.

"하지만 민간인에 대한 테러도 있지 않습니까?"

"그건 그들이 민간인이라서 그런 게 아니라 적을 대표하는 속성을 가지고 있다고 생각하기 때문입니다. 보스턴 마라톤 테러 같은 걸 본다면 테러 집단은 거기에 참석한 사람들이 서구 자본주의를 대표한다고 생각하는 거죠."

"으음……."

"그런데 이 경우는 그런 게 없습니다."

검사나 판사도 노리지만 가족도 노린다.

"확신범은 가족은 안 노립니다."

노형진의 말을 듣던 사람들은 눈을 찡그렸다.

반박하려고 하자니 노형진이 전에 말했던 것처럼 한국의 검찰은 테러 시스템과 이런 대단위 공격에 대항하여 싸운 적이 없다.

"그런데 이들은 중화영웅이라는 이름을 쓰고 있지요. 마치 자신들이 중국의 영웅이라는 것처럼."

"그게 무슨 의미가 있지요?"

"우리뿐만 아니라 중국 사람들의 눈도 가리겠다는 걸로 보입니다."

이름만 들으면 그 숫자가 어마어마할 것 같다.

"하지만 그 숫자가 많다는 증거는 없지요."

"하지만 사건이……."

한두 건이 아니다.

일단 가족들을 안전한 곳으로 옮기고 나자 살인 사건은 멈췄지만 말이다.

"아마도 상당수가 모방 범죄일 겁니다. 아니면 기회주의 살인이거나."

"기회주의 살인?"

"그건 뭡니까?"

'아, 한국에서는 아직 그런 일이 없었지?'

노형진은 아차 싶었다.

한국에는 기회주의 살인 사건이 별로 없다. 있어도 단순 모방범으로 생각하는 경향이 있다.

"쉽게 말해서 다른 살인 사건에 업혀 가는 방식입니다."

"그게 무슨 말이지요?"

"모방 범죄랑 뭐가 다릅니까?"

"비슷하지요."

보통 이런 사건은 무차별 살인에서 많이 벌어진다.

실제로 화성 연쇄살인 사건에도 모방 사건이 존재했다.

"그것처럼 어떤 특정 사건이 발생했을 때 그걸 따라 하면 서 자신의 살인을 감추는 걸 모방 범죄라고 하지요. 기회주의 살인은 그것보다 좀 더 적극적이라고 볼 수 있습니다. 모방 범죄가 보통 원한을 가진 대상을 제거하기 위해서라면. 기회주의 살인은 자신들에게 적대적인 사람에게 선공격을 하기 위한 겁니다."

"적대적인 사람?"

"경찰이죠."

중국인들, 조선족들과 대한민국의 경찰, 검찰은 사이가 좋을 수가 없다.

특히나 대림동 같은 경우는 현실적으로 모든 지역권이 중국인들에게 넘어가 있는데 그걸 통제하려고 하는 건 지역 경찰들이다.

"중국의 폭력 조직이나 자생적 폭력 조직들 입장에서는 지역 경찰은 귀찮은 거죠."

"으음······."

"그리고 중화영웅은 그걸 노리는 것 같구요."

"그걸 노린다?"

"네."

쉽게 말해서 범죄 조직들은 중화영웅에 죄를 뒤집어씌우고, 반대로 중화영웅은 자신들의 세력을 확장한 것처럼 쇼를 할 수 있게 된다는 거다.

"아니, 왜?"

"한국 법의 약점 때문이지요."

"무슨 약점 말입니까?"

"중국과 다르게 한국은 연좌제를 적용하지 않습니다."

물론 중국도 공식적으로 연좌제를 적용하지는 않는다. 하지만 범죄자 주변 사람들이 박살 나는 건 너무 당연한 일이다.

그에 반해 한국은 연좌제가 철저하게 금지되어 있다.

"저들이 중화영웅을 사칭해서 살인을 한다고 해도 다른 사람들을 처벌할 수는 없다는 거죠. 그리고 궁극적으로는 그들을 흡수할 수 있게 됩니다."

"흡수?"

"그들은 중화영웅이라는 단체의 이름을 팔아서 사건을 덮었습니다. 그들의 머릿속에는 중화영웅은 대형 단체라는 생각이 들어 있지요. 실제로 우리가 그렇게 생각하듯이요."

"그래서?"

"만일 나중에 중화영웅에서 직접 찾아와서 자신들과 손잡자고 하면 어떻게 할까요?"

검찰들은 눈을 살짝 찡그렸다.

상황이 이해가 갔다.

만일 그런 상황이라면 당연히 그들과 손잡으려고 할 것이다. 대형 단체이니까.

"진짜 중화영웅의 규모가 중요한 게 아닙니다. 그들을 포섭하면 흡수할 수 있으니까요."

"그게 가능하다고······?"

"가능한 정도가 아니라, 이건 일종의 마케팅 기법입니다."

이쪽이 크다고 쇼를 함으로써 공신력을 증가시키고 그걸로 투자받는 방법.

"이런 식으로 사기를 치는 사람들도 흔하고요. 전에 그 주식 사기를 친 놈도 이런 거였죠."

"아! 일단 유명해지라는 전략이군."

"맞습니다."

얼마 전에 주식 사기를 친 사람이 있었다.

그는 주식 투자를 하면 돈을 불려 주겠다면서, 수백억대의 자산을 넘겨받아서 먹고 도망갔다.

그가 사람들을 속일 수 있었던 가장 큰 이유는 경제 전문 방송에서 주식 전문가로 출연한 경력이 있어서였다.

그런데 정작 조사해 보니 PD가 그에게 돈을 받고 출연시켜 준 것으로 드러났다.

방송에 출연했다는 점 때문에 사람들이 그를 믿은 것인데 그 방송 출연조차 사기였던 것이다.

PD에게 준 돈은 1억 정도지만 그가 친 사기는 무려 300억대.

"이번 전략도 그것과 비슷해 보입니다."

이름을 널리 날리고 한국 내에서 세력을 흡수해서 키우는 것이 그들의 목적이라는 거다.

"환장하겠군."

조용히 듣고 있던 검찰총장은 혀를 끌끌 찼다.

그런 쪽으로는 전혀 생각해 보지 못했으니까.

"하긴, 살인 방식이 너무 중구난방이기는 했어."

"맞아. 지역도 제각각이고."

참수에서부터 총질, 교살, 방화까지, 온갖 살인 방식이 다 동원되었다.

"사건 자체도 확인해 보세요. 분명 일반인 피해도 많을 겁니다."

다만 그걸 중화영웅이라는 이름으로 감췄을 가능성이 높다.

"중국 공안도 바보는 아닙니다. 수천 명 단위의 폭력 조직이 한국으로 가는데 전혀 모를 수가 없어요."

"으음……."

"제가 봐서는 이건 단순 폭력 조직 사건이 아니라 인텔리 폭력 조직 사건입니다. 누군가 폭력 조직을 현대적으로 조직해서 한국의 뒷세계를 정복하려고 하는 겁니다."

"알겠네. 알아보지."

"특히나 대놓고 중화영웅이라고 주장하는 사건부터 보시

는 게 좋을 겁니다."

노형진의 말에 좌중의 사람들은 다들 고개를 끄덕거렸다.

⚖️

"네 말이 맞는 것 같더라."

"그래?"

"그래. 살해당한 사람들 중 사법과는 아예 관련이 없는 사람이 많아."

오광훈은 며칠 후 노형진을 찾아와서 심각한 표정으로 말했다.

"오늘 한 건 나왔다. 경남 사건인데, 지금까지 중화영웅 소행이라고 생각했거든. 그런데 재조사해 보니까 거래하던 사업체 중에 중국인이 있었어. 중국인이 12억 정도 먹고 튀어서 소송 중이더라고."

"그거 자백은 했고?"

"그래. 조사에 들어가니까 자백하더라."

"역시나."

노형진의 예상대로였다.

중화영웅이라는 단체를 만든 놈들이 누군지는 모르겠지만 그들은 무식하게 행동하는 것처럼 하면서 도리어 계획적으로 세력을 늘리고 있었다.

"만일 중화영웅이 두각을 드러내고 그들에게 접촉해서 손잡자고 한다면 당연히 그러겠지."

노형진은 심각한 얼굴로 말했다.

"지금 각 경찰서들은 온 동네를 다 털고 있어. 일단 중화영웅은 조용한 상태고."

"당연하지. 원래 중화영웅이 노린 건 가족들일 테니까."

하지만 대룡이라는 곳에서 보호를 제공할 줄은 아마 예상 못했을 테고, 그 때문에 더는 가족들을 노리지 못하게 되었다.

"거기에다 모방 범죄들까지 막히기 시작했으니까."

세력을 늘리려고 하던 그들의 계획이 틀어지기 시작한 것이다.

"중국 입국자들의 추적은 어때?"

"중국 쪽에서 협조해 주지 않아서 좀 힘들기는 한데……."

"중국 입장에서는 기회니까."

한국의 정치를 내부에서 흔들 수 있는 기회니까 당연히 도와주지 않을 것이다.

"말했잖아, 그들이 한 건 아니지만 그렇다고 해결을 도와주지도 않을 거라고."

노형진은 그렇게 말하면서 곰곰이 생각에 빠졌다.

그들의 계획을 대충 알 수는 있었다.

문제는 이제 그들이 현 상황을 어떻게 해결할 것인가라는 거다.

'가족들을 죽여서 사법 시스템을 흔든다는 것은 현재로써는 불가능해졌어. 그러면 직접 노릴까?'

그럴 가능성이 높다.

어찌 되었건 그 숫자는 많다. 이백 명 내외라고 하지만 그 정도면 절대 적은 숫자가 아니다.

"순찰 상황은 어때?"

"모든 경찰은 4인 1조로, 전원 무장 순찰이야."

"경찰을 공격하는 건 쉽지 않겠군."

총이 없는 경찰을 습격한다면 모르지만 이쪽이 무장하기 시작하면 당연히 저쪽도 공격이 쉽지 않다.

더군다나 경찰은 사격 훈련을 제대로 받은 사람들이다.

"그러면 다음 답은 나와 있군."

"다음 답?"

"퇴근 이후를 노리겠지. 순찰 중에 노릴 수는 없으니까."

"으음……."

"그리고…… 그 퇴근 이후라고 하면……."

노형진은 눈을 살짝 찡그리며 말했다.

"지금 혼자 출퇴근하는 사람들이 얼마나 되지?"

"알아봐야겠지?"

"알아봐. 내가 만일 중화영웅이라면 퇴근 중인 사람을 노릴 거야. 그리고 그놈은 분명 중화영웅의 진짜 멤버 중 한 명이겠지. 지금처럼 유령이 아니라."

노형진은 눈을 반짝이며 말했다.

"그놈을 잡으면 뭐든 알아낼 수 있을 거야."

오광훈은 경찰들에게 접촉해서 혼자 퇴근하거나 퇴근 이후에 무방비인 사람들에 대해 보고서를 올리라고 했다.

"뭔 깡인 거야?"

그리고 그 안에서 몇몇 사람들을 찾아낼 수 있었다.

가족들을 아파트로 보낸 이후에도 혼자 사는 사람들이 분명 존재했다.

"그게, 남하고 지내는 게 불편하다고⋯⋯."

"저러다가 모가지가 날아가 봐야 인생 헛살았다고 생각하겠지."

멀어지는 남자를 멀찌감치에서 바라보며 혀를 끌끌 차는 오광훈.

슬쩍 주소를 본 노형진도 혀를 끌끌 찼다.

"인생을 헛살았다기보다는, 보여 주고 싶지 않은 거지."

"응? 그게 무슨 소리야?"

"여긴 제법 비싼 동네거든."

"어? 아⋯⋯ 무슨 소리인지 알겠네."

이 지역은 정상적인 경찰의 월급으로는 절대 살지 못할 곳이다.

그런데 지금 저 앞에서 가고 있는 경찰은 이 동네에 살고 있다.

"저 사람의 집은 담보로 빌린 돈도 없어."

"해 처먹은 게 많은 거군."

"정답."

범죄자들을 잡는 게 경찰의 일이다.

눈치 빠른 사람들은 집에 들어가는 순간 일반적인 경찰 월급으로는 꿈도 못 꾼다는 걸 알 것이다.

"그중 누가 내사를 시작할지 모르는 일이거든."

"으음……."

"더군다나 지금 경찰과 검찰은 상급자와 하급자의 사이가 좋은 상황이 아니야."

그럴 수밖에 없는 게, 하급자들에게 상급자들의 경호를 명령했기 때문이다.

그렇다 보니 하급자들의 가족들이 죽어도 경찰은 대응할 전력이 전혀 없었고, 하급자들은 자기 가족은 죽게 내버려 두고 자기들 안위만 챙기는 상급자들을 좋게 볼 수가 없었다.

"그러니 혼자 살 수밖에."

같이 살자니 영 꺼림칙할 수밖에 없으니까.

"그리고 네가 생각하기에는 중화영웅이 저 사람을 노릴 가능성이 높다는 거지?"

"가능성일 뿐이지만."

노형진은 가장 의심스러운 지역인 대림동 지역 경찰을 감시하기로 했는데, 그중에서 혼자 사는 사람들은 세 명뿐이었다.

그런데 그중 둘은 이해가 가는 사유가 있었다.

한 명은 결혼 준비를 하느라고 집을 구해 둔 상황이고, 한 명은 아예 가족이라는 게 없었다.

"직접적으로 노린다면 저 사람뿐이지."

"하지만 왜 대림동이야?"

"대림동은 중국인들이 인구의 대부분을 차지하는 곳이야. 세력을 늘리려면 여기서부터 시작하는 게 최고지. 이 지역만 먹으면 중화영웅에서 인원을 보충하는 건 어렵지 않을 테니까."

노형진은 그렇게 말하면서 힐끔거리며 경찰의 뒤를 멀찌감치에서 따라갔다.

"내 예상대로 세력을 늘리는 게 우선 해결 사항이라면 중화영웅은 여기서부터 시작할 수밖에 없어."

"지방도 있잖아."

오광훈의 말에 노형진은 고개를 흔들었다.

"그건 쉽지 않아."

일단 지방에는 중국인이 많지 않다.

물론 많은 곳도 있기는 하지만, 대부분 공단 지역에 몰려 있다.

상업에 종사하면서 건물을 가지는 등 부자들이 몰려 있는 건 대림동 쪽이다.

"기본적으로 폭력 조직은 돈을 추구한다. 지방 상권 차지해 봐야 많은 돈은 못 받아. 하지만 대림동은 다르지."

대림동이 낙후되어 있다지만 서울의 한가운데. 당연히 돈 있는 중국인들이 대부분 거기에 몰려 있다.

"내가 알기로는 대림2동 같은 경우는 중국인이 거의 90% 이상일걸."

"으음……."

"그리고 중국인들이 많이 가지고 있는 생각이 대국론이지."

중국은 대국이며 한국보다 우월하다는 생각.

"물론 생각 자체는 나쁘지 않아. 하지만 그 이후가 문제야. 만일 그런 이들이 세력을 만들고 무력 집단화된다면 어떻게 행동하겠어?"

그들을 감춰 주고 그들에게 자금을 밀어주기 시작하는 건 당연한 일이다.

"에이, 설마."

"설마가 아니야. 그건 전 세계에서 다 벌어지는 현상이야."

심지어 미국에서도 벌어진다.

흑인이 많이 사는 지역에 경찰이 순찰을 돌던 중 습격받은 사건이 있었다.

갱단원으로 의심되는 놈이 무차별적으로 총격을 가한 건데, 결국 총격전이 벌어져서 그 갱단원이 사살되었다.

"그런데 그 이후에 주변에서 몰려온 사람들은 경찰이 무차별적으로 지나가는 시민에게 사격했다고 주장했지."

한두 명이 아니었고 그 문제로 거의 폭동 분위기까지 만들어져서 경찰서장까지 출동하고 난리가 났었다.

다행히 미국의 경찰은 몸에 캠코더를 달게 되어 있기 때문에 그걸 현장에서 바로 공개했고, 거기에는 단순 순찰 중이던 경찰에게 먼저 총격을 가하던 모습이 그대로 찍혀 있었다.

"그러면 그 지역 시민들이 반성할 것 같지? 아니야."

그들은 끝까지 경찰 잘못이라고 떠들었다.

"한 지역이 세력화, 토착화되면 공권력은 의미가 없어져. 당장 한국 지방 세력도 그런데 중국에 지역이 다 먹혀 버린 대림동이라고 멀쩡하겠냐?"

"쩝……."

그렇잖아도 경찰이 출동했을 때 중국인들이 경찰을 적대하는 건 널리 알려진 사실이다.

"현재 대림동이 그렇게 토착화되어 있으니 그들이 숨으려면 여기가 최고지."

"그리고 가장 가까운 곳부터 정리할 거다?"

"그래, 맞아."

노형진은 그렇게 말하면서 코너를 돌다가 순간 멈춰서 오광훈을 확 당겼다.

"어? 어? 왜 그래? 아직 집은 멀었어."

"알아. 하지만 다른 사람들이 붙은 것 같아서 말이지."

"다른 사람?"

정신이 번쩍 든 오광훈은 코너에서 살짝 고개를 내밀어 살펴보았다.

한구석에 옹기종기 모여서 담배를 피우는 사람들.

흔하게 볼 수 있는 중국 사람들이다.

그런데 그중 몇몇이 슬쩍슬쩍 퇴근 중인 경찰을 살피는 모습이 보였다.

"답 나오지?"

그냥 흔하게 지나가는 사람을 그렇게 바라볼 이유는 없다.

더군다나 예쁜 아가씨도 아닌 다 늙은 아저씨를 말이다.

"오래 걸릴까?"

"오래는 안 걸릴걸."

노형진은 어깨를 으쓱했다.

"아마 바로 시작해야 할 거야, 후후후."

⚖

황성희는 피곤한 몸을 이끌고 집으로 향하고 있었다.

요즘 같은 때는 퇴근하는 게 무리일 정도로 비상사태로 돌아간다.

"망할 놈들, 좀 살자."

그는 힘겹게 자신의 집으로 기어들어 가고 있었다.

승용차가 있기는 했지만 너무 피곤해서 운전도 못 할 지경인지라 어쩔 수 없이 택시를 타고 집으로 향했고, 그렇게 막 하차해서 집으로 들어가려고 하는 순간이었다.

"니 황성희 맞니?"

어눌한 한국말.

순간 그는 온몸에 소름이 쫘악 돋았다.

잠은 날아가고 본능적으로 온몸에 힘이 들어갔다.

그는 저항하기 위해 몸을 돌리려고 했지만, 그 순간 허리춤에 뭔가가 가까이 다가와 쿡 찌르는 게 느껴졌다.

"황성희, 우리랑 같이 가지비."

"큭."

차갑고 따가운 느낌.

황성희는 저항하려고 했지만 주변에는 사람이 가득했다.

"씨발······."

이 늦은 시간에 사람이 가득할 이유가 없다.

그리고 그들의 허름한 옷은 그들이 이 지역의 주민들이 아니라는 걸 증명하고 있었다.

"이런다고 우리가 포기할 것 같아?"

"한국 공안이 우리를 잡을 수 있다고 생각하니?"

황성희는 말문이 막혔다.

한국 경찰이 아니라 한국 공안이라고 했다.

그 말은 그가 아직 경찰보다는 공안이라는 단어에 익숙하다는 뜻이니, 중국에서 온 킬러라는 걸 의미한다.

'내가 오늘 끝이구나.'

그는 직감적으로 느낄 수 있었다.

하긴, 가족들을 무차별적으로 죽이던 놈들이 직접 경찰을 노리지 않을 이유가 없다.

"고통 없이 보내 줄게."

허리춤에 칼을 대고 이죽거리는 그를 보면서 황성희는 말문이 막혔다.

'내가 무슨 짓을……'

돈을 받고 정보를 팔고 사건을 감춰 왔다.

사실 가족이 죽었다고 절망하는 다른 경찰들을 보면서도 한편으로는 자기 일이 아니라고 생각하기도 했다.

하지만 이 미친놈들에게 끌려가면서 두려워했을 희생자들을 생각하자 그동안 너무나 멍청한 짓을 해 왔다는 걸 알아차렸다.

그 아이들은 얼마나 살고 싶었을까.

'하늘이시여, 제발…… 한 번만 제게 기회를 주십시오. 제 손으로 제 죄를 씻겠습니다.'

그가 하늘을 바라보면서 이미 늦은 소원을 비는 순간.

끼이익!

긴 파열음이 들리면서 뭔가가 돌진해 들어왔다.

그리고 중국 조직원들의 뒤에 있던 차를 그대로 들이받았다.

쾅!

황성희를 끌고 가기 위해 기다리고 있던 차는 그대로 박살이 났고, 주변에 있던 놈들은 바닥을 나뒹굴었다.

"으악!"

"*$%@!"

사방에서 터지는 중국 욕, 그리고 그들에게 쏟아지는 차가운 빛.

"꼼짝 마, 이 새끼들아!"

"움직이는 새끼들은 대가리에 바람구멍 내 준다!"

그와 동시에 어둠 속에서 튀어나오는 사람들.

그들의 손에는 권총이 아니라 기관단총이 들려 있었다.

위험 때문에 일반 수사관이 아니라 경찰 특공대를 불러온 것이다.

"니미, 씨발!"

몇몇은 아차 싶었다.

"막으라우!"

품에서 사시미를 꺼내는 범죄자들.

오광훈은 손에 들고 있던 메가폰을 꽉 쥐었다.

이것이 법이다

"좋아! 이렇게 나와야지!"

그리고 눈을 희번덕거리면서 앞으로 달려 나갔다. 이어 바로 앞에 있던 조폭의 대가리를 메가폰으로 후려쳤다.

메가폰이 깨지면서 그의 머리에서 피가 뿜어져 나왔다.

"이게 선빵이라는 거다, 이 새끼들아!"

"으아!"

"저 새끼 죽이라우!"

"담가!"

그들은 달려 나오려고 했다.

하지만 경찰 특공대는 바보가 아니었다.

"사격!"

그들은 주저하지 않고 사격을 개시했다.

자기 가족들을 죽이는 놈들이다.

징계? 그런 게 두려웠다면 애초에 오지도 않았다.

차라리 깡그리 죽이고 징계받겠다는 게 그들의 마음이었다.

물론 진짜로 그럴 수는 없었다.

그래서 그들은 어쩔 수 없이 총구를 낮췄다.

퍼퍽!

"끄아악!"

"내 다리!"

원래 사격할 때의 규정은 무력화할 수 있는 허벅지를 쏘는 것이다.

하지만 경찰들은 정확하게 무릎을 쏴 버렸기 때문에 관절이 박살이 났고, 달려오던 범죄자들은 바닥을 나뒹굴었다.

그 정도는 조준 미스로 징계받으면 그만이라고 다들 생각했다.

사실 지금 같은 상황에서는 대가리만 정조준하지 않으면 징계는 받을 일이 없기도 했다. 그 정도로 모든 사람들이 화가 난 상황이었으니까.

범인들은 관절이 박살 난 이상 평생 바닥을 기어 다닐 수밖에 없다.

이게 그들이 할 수 있는 유일한 복수였다.

"덤벼, 이 새끼들아!"

"제발 덤벼라, 이 씨발 새끼들아!"

"관절이란 관절은 다 날려 줄게!"

살기 가득한 경찰 특공대의 외침에 중국 조폭들은 움찔했다.

그들이 그동안 상대해 온 건 무장도 하지 않은 일반인이었다.

충실히 무장을 갖추고 살기까지 가득한 경찰을 보자 그들은 움직일 수가 없었다.

"한 발자국만 와라. 총 있으면 쏴도 좋아. 합법적으로 너희들 대가리에 바람구멍을 내 줄 테니까."

경찰 특공대장은 이를 박박 갈면서 말했다.

"제발 덤벼 줘. 제발."

"큭……."

어쩔 줄 몰라 하는 조직원들.

그러는 사이 오광훈이 다가가서 선두에 있던 조직원의 대가리를 남아 있는 메가폰으로 내리찍었다.

"끄아악!"

날카로운 면이 머리로 파고들자 비명을 지르면서 주저앉는 조직원.

모두의 시선이 그쪽으로 향하자 오광훈은 자신의 옷을 들어서 배를 들이밀었다.

"쑤셔 봐, 이 새끼들아! 쑤셔! 쑤시라고! 수사관 쑤시겠다고 온 거 아냐? 이 씨발 새끼들아, 쑤셔!"

"……."

"왜? 앞에 총이 있으니까 못 쑤시냐? 어? 이 씨발 새끼들아!"

범죄자들은 서로를 돌아보았다.

만일 여기서 열 받는다고 검사의 배를 쑤신다?

그러면 저기서 노리고 있는 경찰 특공대가 1초도 기다리지 않고 그들에게 사격을 가할 게 뻔하다.

"못 쑤시겠으면 칼 버려!"

"……."

"어, 그래. 못 버리겠다?"

오광훈은 피식 웃었다.

그는 머리를 부여잡고 끙끙거리고 있는 눈앞의 조직원을 발로 뻥 차 버렸다.

그리고 그 옆에 있는 사람의 대가리를 남은 메가폰 손잡이로 내리찍었다.

"끄아악!"

워낙 빨랐기 때문에 저항도 못 하고 쓰러지는 남자.

손에 들려 있던 조각은 결국 충격을 이기지 못하고 부서졌다.

그러자 오광훈은 그가 놓친 사시미를 들고 웃었다.

"너희, 지금까지 칼 안 놓고 있는 거지? 그러니까 이건 명백하게 체포를 위한 격투 중인 거다? 맞지?"

"저 종간나 새끼가 뭐라 하는…….."

오광훈은 피식 웃었다.

그리고 다음 순간, 그 막 뭐라고 하려던 남자가 팔을 부여잡고 비명을 질렀다.

"허억!"

조폭들은 눈이 동그래졌다.

그래도 검사라고 했으니 선은 지킬 줄 알았다. 그런데 다짜고짜 뛰어들어서 칼로 어깨를 찌른 것이다.

"끄아아악!"

처절한 비명이 사방에 울려 퍼졌다.

그 상황에서 오광훈은 히죽 웃으며 몸을 돌리더니 천진하게 말했다.

"여러분, 어떻게 생각하세요? 저 지금 정당방위 한 거 맞죠?"

"맞습니다! 칼을 들고 저항하는 범죄자들과의 격투 중에 벌어진 불가피한 일입니다!"

경찰 특공대장은 이를 박박 갈면서 말했다.

오광훈이 다시 몸을 돌렸다.

"다 들었지? 칼 들고 있는 새끼는 내가 한 놈씩 쑤실 거야. 나 한때 날렸던 칼잡이거든? 신경만 똑 끊어 줄게, 이 씨발 새끼들아."

"……."

"칼 들고 있다 쑤심당하든가 칼 버려, 이 새끼들아!"

그제야 폭력배들의 손에서 힘없이 칼이 떨어졌다.

경찰들이 다가와 수갑을 채우자 아까 황성희를 잡고 있던 놈이 이죽거렸다.

"동무, 후회할 끼야. 우리가 누군지 알아? 우리는 자랑스러운 중화영웅이야!"

"아, 그래?"

오광훈이 피식 웃었다. 그리고 그대로 주먹을 휘둘렀다.

"끄으아악!"

"중화영웅이고 나발이고, 아가리 좀 닥쳐, 이 씨발 새끼야!"

"죽여 버리겠어! 죽여 버리겠어!"

"죽여 봐, 이 씨발 새끼들아!"

이번에는 발길질을 하는 오광훈.

"짱깨 놈 주제에 얼마나 잘났는지 두고 보자!"

"짱깨?"

"그래, 이 짱깨야! 너 이 말 알아? 착짱죽짱! 착한 짱깨는 죽은 짱깨다!"

"이 빵즈 새끼가!"

"짱깨! 짱깨!"

"이 빵즈 새끼!"

"엘레렐! 짱깨."

발광하는 놈에게 혀까지 돌려 가면서 놀리는 오광훈을 보면서 다들 왠지 속이 시원하다고 느꼈다.

⚖

"입은 안 열지?"

"그래, 절대 안 열어. 벌써 변호사들이 달려들어서 방어 중이다."

"변호사?"

노형진은 살짝 고개를 갸웃했다. 그리고 한숨을 푹 쉬었다.

"혹시 태양이냐?"

"어? 어떻게 알았냐?"

"너 같으면 이 사건을 담당하려고 하겠냐?"

다른 것도 아니고 사법 시스템을 노렸던 사건이다.

변호사가 미치지 않고서야 이 사건을 이렇게 빠르게 수임할 리 없다.

검찰이나 법원 출신 변호사는 절대 받지 않으려고 할 테고, 거기 출신이 아닌 사람들도 꺼릴 수밖에 없다.

"돈만 준다면 이완용도 변론해 주려고 하는 곳이라면 뻔하지, 뭐."

법무 법인 태양.

돈만 준다면 진짜 매국 행위자들에게도 실드를 쳐 주는 곳이다.

"맞아. 아주 번개같이 수임했더라."

"누가 수임한 걸까?"

"그러게 말이야. 어쨌든 일단 중요한 건 잡은 놈들을 취조하는 거야. 그놈들을 족치면 중화영웅이라는 놈들에 대해 뭐든 나오겠지."

시작점이 있는 것과 없는 건 차이가 클 수밖에 없다.

지금까지는 중화영웅이라는 작자들에 대한 정보가 전혀

없었지만 이제 직접적인 정보가 생겼으니 그들을 취조해서 중화영웅을 잡으면 된다.

'물론 쉽게 입을 열지는 않겠지만.'

노형진은 손을 쥐었다 폈다 하면서 침을 꿀꺽 삼켰다. 필요하다면 그들의 기억을 읽어서라도 발본색원할 생각이었으니까.

"검찰도 난리야. 분위기만 봐서는 고문도 불사할 것 같아."

"진짜 고문은 못 하겠지만 그래도 그에 준해서 뭐든 해 보려고 하겠지. 다만 걱정되는 건 중화영웅 쪽에서 어떻게 반응할지인데……."

"응? 그게 무슨 소리야?"

"이놈들은 전형적인 미친놈 전략을 쓰고 있거든."

이쪽에서 예상하지 못하는 방향으로 계속 튀면서 판단을 못 하게 하는 전략. 북한에서 잘 쓰는 전략이다.

"우리도 그들의 반응에서 벗어난 방법을 쓰고 있기는 하지만, 이쪽은 합법이라는 조건에 잡혀 있으니까."

결국 유리한 것은 저쪽이다.

"제발 저쪽에서 미친 짓은 하지 않았으면 좋겠는데……."

노형진은 왠지 모르게 느껴지는 불안감에 입술을 깨물었다.

"야, 아무리 그래도 미친 짓까지 하겠냐? 이제 자기들이 털리는 일만 남았는데 도망갈 생각부터 하겠지."

"그러면 좋겠는데……."

그 순간 갑자기 문이 쾅 열렸다.

"아니, 김 과장? 갑자기 왜 그래?"

오광훈은 얼굴이 새파란 색으로 변한 김 과장을 보고 고개를 갸웃했다.

김 과장은 얼마나 놀랐는지 손이 부들부들 떨리고 목소리조차도 나오지 않는 것 같았다.

"그, 그…… 그게……."

"왜? 무슨 일이야? 그놈들이 몰려오기라도 한대?"

코웃음을 치는 오광훈.

그제야 김 과장은 힘겹게 입을 열었다.

"동인천이 습격당했습니다."

"뭐? 습격?"

"마흔 명쯤 되는 무장 세력이 경찰서와 검찰청 그리고 법원을 습격했습니다. 전원 AK 소총으로 무장했고, 사망자만 이백스무 명에 부상자는 백서른세 명입니다."

오광훈이 벌떡 일어났다.

노형진은 너무 놀라서 움직일 수조차도 없었다.

"그게 무슨 소리야!"

"그, 그놈들이 완전무장 상태로 습격해서 무차별 사격을 하고 도주했습니다. 지금 인천은 완전히 전쟁 상태입니다!"

노형진은 눈을 질끈 감을 수밖에 없었다.

그들이 원하는 것

"피가 부족해!"

"이미 다 떨어졌어요!"

"납치라도 해서 수혈받으라고!"

"심장이 안 뛰어!"

노형진은 다급하게 인천으로 향했다.

경찰도 경찰이지만 새론도 문제였으니까.

"미안합니다."

피 칠갑을 하고 수술실에서 나오는 의사.

그의 눈에는 피곤이 가득했지만 그것보다 더 급한 상황이었다.

"알겠습니다."

"그럼 이만."

의사는 고개를 숙여서 인사하고 간호사가 준 피로 회복제를 연달아 들이켜고는 다음 수술로 들어갔다.

노형진은 이를 빠드득 갈았다.

"크윽."

그의 눈은 분노로 벌겋게 변해 있었다.

인천에 새론의 변호사가 두 명 나와 있었다.

검찰에 한 명, 법원에 한 명.

그중 한 명은 다른 사람을 지키다가 총에 맞아서 현장에서 즉사했고, 다른 한 명은 방금 수술실에서 사망했다.

쾅!

"젠장!"

검사들은 분노가 치밀어서 감정을 주체하지 못했다.

동시에 세 곳에서 벌어진 총격 사건.

지금까지 한국에서 벌어지지 않았던 사건이기에 누구도 예상하지 못했다.

단순히 단체로 습격해도 놀라운데 하물며 그들은 무장하고 밀고 들어왔다.

"증언에 따르면 그 새끼들, 방탄복까지 입고 있었다고 하더라."

그렇게 말하는 오광훈의 손도 바들바들 떨리고 있었다.

"그쪽은?"

"나가자. 나가서 이야기하자."

오광훈은 노형진을 데리고 바깥으로 나갔다.

온 병원이 곡소리와 담배 연기로 꽉 차 있었다.

"죽었다."

검찰청 역시 습격당했다.

그리고 오광훈과 알고 지내던 검사 한 명이 수술실에서 사망했다.

"지금 대통령은 비상사태를 선포했어. 인천 지역에 군을 동원해서 검문검색을 강화한다고 하더라."

"그게 쉬울까?"

"그러게."

오광훈은 담배를 입에 물고 허공을 향해 연기를 날렸다.

"후우."

"끊었다고 하지 않았냐?"

"씨발. 끊었지. 그런데 안 피울 수가 있냐?"

노형진은 말릴 수가 없었다.

그는 회귀 전에는 담배를 피웠지만 회귀 후에는 아예 담배를 안 피웠다.

그럼에도 불구하고 미친 듯이 담배가 당겼다.

'누가 그랬더라? 담배는 끊는 게 아니라 참는 거라고.'

중요한 건 그게 아니다.

현 상황에서 나라는 발칵 뒤집어졌고, 이제는 전 세계에서 이번 사태를 심각하게 보고 있다는 거다.

"사망자는 더 늘 거다."

"그러겠지."

총에 맞은 사람은 넘쳐 나고 피는 부족하다.

한국 의사들은 총상에 대한 경험이 거의 없고 말이다.

"그나마 피는 어떻게 구해지는 모양인데."

방송에서 의사들이 빌다시피 하며 외치고 있다.

수혈해 달라고, 지금 피가 부족하다고.

그래서 인천 주변의 시민들이 모여서 너도나도 피를 수혈하고, 다른 지역에서도 그렇게 피를 수혈하고 있었다.

"어…… 어머니! 어머니!"

바깥에 있던 한 가족 중에서 누군가 쓰러지는 게 보인다.

다급하게 쓰러진 환자를 데리고 안으로 들어가는 다른 형제들.

나이로 보아하니 아마도 법원에서 일하던 사람의 가족인 듯했다.

"씨발."

이를 빠드득 가는 오광훈.

"숫자가 적다며? 범죄 조직이라며? 그런데 이게 뭐야? 이게 무슨 범죄 조직이야!"

"범죄 조직이 맞아. 그들이 노리는 건 단 하나야."

"도대체 그게 뭔데!"

발끈하는 그때 다가오는 한 남자.

그는 영어로 말했다.

"벌어질 일이었습니다."

"저 인간이 뭐라는 거야?"

도통 알아먹지 못할 외국어에 오광훈이 어리둥절했다.

그사이 조디 제퍼슨이 지친 얼굴로 그들 앞에 섰다.

노형진은 중간에서 조디 제퍼슨의 말을 통역해 주었다.

"이번 일은 벌어질 일이었대."

"뭐? 그러면 경고라도 해 줬어야 할 거 아냐!"

발끈하는 오광훈.

그 말을 눈치로 알아챈 건지, 조디 제퍼슨이 조심스럽게 이야기했다.

"이미 이야기했습니다. 하지만…… 한국 조직은 답이 없네요. 테러에 대해 전혀 감을 못 잡아요."

"그렇지요. 한국은 제대로 테러를 겪어 본 적이 없습니다. 한국의 무사안일주의는 오래된 적폐입니다."

노형진과 조디 제퍼슨이 영어로 대화하는 것을 멍하니 듣고 있던 오광훈이 한마디 했다.

"도대체 뭐라는 겨?"

노형진은 한숨을 푹 내쉬었다.

"하아, 이미 경고했는데 안 들어 처먹었단다."

"뭐라고?"

눈을 크게 뜨고 조디 제퍼슨을 바라보는 오광훈.

그는 어깨를 으쓱하면서 영어로 말해 줬다.

노형진은 그런 그의 말을 통역해 줬다.

"멕시코 갱단의 스타일은 지역에 혼란을 일으키고 그 지역을 접수하는 거라고 했잖아. 그런데 가족이 안전해졌으니 좀 더 적극적인 수법을 쓰기 시작하는 건 당연한 거래."

"당연한 일?"

"그래. 나도 결국 그들의 손에 놀아났다는 거지."

"뭐?"

"내가 가족들의 안전을 확보하게 해 줬잖아. 그런데 그건 당연한 일이었던 거지."

노형진은 가족들의 안전을 확보하고 그 후에 적극적으로 그들을 박멸하려고 했다.

멕시코 갱단과 싸웠던 사람들도 똑같은 생각을 했을 수밖에 없다. 가족들을 해외로 내보내든가 경호원을 붙이는 것.

"처음에는 가족을 죽이면서 굴복하라고 하고, 굴복하지 않겠다고 하면…… 그때는 직접적 공격을 투사하는 거지."

"직접적 공격?"

"그래. 그 지역 사법 시스템 자체를 붕괴시키는 거야."

"그게 가능하다고?"

"법은 주먹보다 멀다고 사람들은 생각하니까."

하물며 그 지역의 사법 시스템을 유지하는 조직이 습격받아서 무너지면 어떻게 될까?

"설마……."

"국민들은 동요할 수밖에 없지."

경찰도 검찰도 총 앞에서는 무력해질 수밖에 없다.

그리고 그걸 국민들이 봤다.

정부에서는 범인들을 잡겠다고 했지만, 그들을 잡는다고 해서 중화영웅이라는 놈들이 사라지는 건 아니다.

"지역 전부가 공포에 굴복하게 됩니다."

참담한 표정으로 말하는 조디 제퍼슨.

"그리고 그때부터는, 정부에서는 조사 자체가 부담스러워집니다."

살인범을 잡기 위해 CCTV라도 제공하면?

목을 잘라서 전시해 버린다.

조금이라도 증언하면?

집에 폭탄이 날아든다.

그렇다 보니 지역 주민들은 점차 입을 다물고, 그 지역에서 공권력은 힘을 잃어 가기 시작한다.

"그에 반해 우리는 불리하지."

주민에게 강제로 진술하게 할 권리는 없다.

대한민국은 민주국가다. 진술하는 순간 죽는 게 확정적인데 누가 진술하겠는가?

"그, 그게 가능한 겁니까?"

"가능한 게 아니라 멕시코 스타일이 이런 겁니다. 중국인들이 범인이라고 했지요? 제대로 배웠네요."

조디 제퍼슨은 머리가 지끈거린다는 표정이 되었다.

"차라리 중국이었다면 그렇게 못 합니다. 중국의 공안은 준군사 조직이니까요."

중국의 군대와 공안은 중국이라는 국가의 조직이 아니라 공산당의 조직이고, 그들은 자국민을 죽이는 것에 대해 눈 하나 깜짝하지 않는다.

말하지 않으면 자국민이라도 총살하는 게 중국이고, 폭력 조직과 군대 둘 중 하나를 고르라면 더 무서운 건 군대다.

"하지만 한국은 다르죠."

중국과 다르게 한국의 군대는 폭력 조직에 손대지도 못한다.

더군다나 한국은 처벌도 약하다.

물론 상황이 상황인 만큼 그들은 무기징역을 피할 수 없다.

하지만 한국은 실질적 사형 폐지국. 즉, 죽을 위협은 없다는 거다.

"미스터 노, 이런 말 하면 좀 오버한다고 생각할지 모르지만, 한국은 이번 사태를 침략으로 받아들여야 합니다."

"후우, 알고 있습니다. 사실상 침략이나 다름없지요."

더군다나 그들의 방식은 이미 검증된 바 있다.

"미국이야 총기를 가진 국가니 쏴 버리면 그만입니다만. 거기에다 정당방위가 폭넓게 인정되고 있으니 법적으로 문제가 없습니다만……."

하지만 한국과 일본은 아니다.

진짜 막나간다고 하면 브레이크를 걸기 힘들다.

그나마 일본에는 막장 폭력 조직인 야쿠자가 있어서 일이 터지면 그들이 대신 싸우겠지만, 한국에는 그런 조직이 없다.

총도 없고, 설사 있다고 한들 한국의 정당방위 기준으로는 상대방이 조준해서 발사해도 인정될까 말까.

상대방이 목을 조르는데 방어 차원에서 가스총을 쐈다고 상해죄로 구속하는 나라가 한국이니까.

"돌겠군. 한만우 씨가 어떻게 못 하겠지?"

"한만우 씨의 조직도 결국 양성화된 조직이야. 전쟁? 총을 들고 있는 놈들하고? 그게 될 것 같냐?"

노형진은 심각한 표정으로 말했다.

"그리고 적응하지 못한 놈들은 죄다 중화영웅으로 넘어갈 가능성이 높아."

그들은 탐욕에 미쳐 있다.

국가에 대한 충성?

그런 감정이 있다면 그놈들이 폭력배를 할 리가 없다.

"일단 이들이 어떻게 무장했는지가 관건입니다."

다른 것도 아닌 AK 소총으로 무장하고 사법기관을 습격했다.

한국이 무슨 중동도 아니고, 그렇게 쉽게 무장을 구할 수 있는 나라가 아니다.

"그건…… 제가 좀 알아보겠습니다."

노형진은 이런 걸 알 만한 사람을 딱 한 명 알고 있었다.

"나 안 팔았다."

남상진은 노형진을 보자마자 말했다.

"안다. 넌 이런 푼돈에 움직일 놈이 아니지."

그들이 무장을 했다지만 무기 브로커 입장에서는 그다지 돈이 되는 거래가 아니다.

남상진은 대형 거래를 전문으로 하지 자잘하게 총 몇 정, 방어구 몇 벌로 거래하지 않는다.

"그거 거래해 봐야 억 단위도 안 되는 푼돈인데, 한국 시장을 내가 날려 버릴 이유는 없지."

"안다니까. 다만 이런 걸 할 만한 놈이 많은지 궁금한 거다."

"흠…… 할 놈들은 많지."

남상진은 당연하다는 듯 말했다.

"무기상은 죽음의 상인이라고 불리지. 나야 한국이 내 나라이자 근본인지라 딱히 여기서 싸움이 나기를 바라지 않지만, 일단 혼란이 발생하면 한국은 굉장히 매력적인 시장이 돼."

"매력적인 시장이라고?"

"정부에서는 총기를 막고 싶겠지만 그 중화영웅이라는 놈들이 총기를 들고 설치면 어떻게 될 것 같아?"

노형진은 눈을 찌푸렸다. 그건 생각해 보지 못한 부분이니까.

"그 미친놈들이 총을 들고 정치인들 모가지 몇 개만 따면 그때는 상황이 돌변하지."

"으음……."

정치인들에게 제일 중요한 건 자기 목숨이다.

아무리 그들이 경호원을 쓴다고 해도 무장한 갱단은 못 막는다.

방법은 단 하나.

"정치인 본인도 무장을 하려고 하겠군."

군인을 동원하거나 자기들도 무장하려고 할 것이다.

군인을 동원하는 건 불만이 나올 수밖에 없다.

자국민들의 목숨을 위험한데 군대로 끌려온 청년들을 총알받이로 쓰는 셈이니까.

"국회의원은 그렇다고 쳐도, 사업가들은 어쩔 건데?"

대형 기업의 경영인들도 목숨이 아까울 수밖에 없다.

그러면 그들은 어떻게 할까?

"설마……?"

"조금만 흔들면 최소한 한국에서 민간 군사 기업의 경호 작전이 가능해질 거다. 그것도 무장 상태로 말이야. 상황이 좀 심각해지면 총기 소유가 자유로워질지도 모르지."

"부정할 수가 없어서 슬프군."

민간 군사 기업은 결국 돈을 받고 일한다.

그리고 그 돈은 제법 비싸다.

사실 정상적인 국회 활동을 하고 받는 돈을 생각하면 경호 팀을 고용하는 것은 불가능하다.

물론 그때가 되면 법을 만들어서 자기들을 지키게 만들겠지만.

"그때 브로커들이 달라붙겠지."

안전을 위해서라도 총기가 필요하다.

총기가 있어야 자신을 지킬 수 있다.

일반적인 상황이라면 국민들이 반대하겠지만, 갱단이 이미 총을 들고 활동하는 상황이라면?

당연히 국민들은 총을 들기를 요구할 것이다.

"그리고 그다음은 뻔하지."

한국 사람들이 다른 나라보다 욱하는 감정이 없는 게 아니다. 다만 개인으로서 저항하는 데 한계가 있을 뿐이다.

특히 지금까지 정치 불신이 심각하게 쌓여 있기 때문에 일부는 무장봉기를 통해 반대파 정치인을 죽이려고 할 것이다.

"그러면 반대파가 또 그걸 총으로 막을 테고."

정치적 충돌은 결국 내전까지 갈 수 있는 문제다.

"내 예상이 뭐 오버라고 생각해?"

"전혀."

한국인들이 무기를 쓸 줄 모르는 것도 아니고, 남자라면 기본적으로 총을 쓴다.

당장 길거리에서 아무나 붙잡고 총 한 자루만 주면 200미터 바깥에서 저격도 가능한 나라가 한국이다.

"총기가 허용된다면 한국은 우리 같은 브로커에게는 엘도라도가 되는 거지."

"그 말은?"

"내가 아니더라도 누구든 무기를 팔 거라는 거야."

하긴, 그건 맞는 말이다.

그러니 그들이 완전무장 하고 한국에서 활개 칠 수 있었을 테고 말이다.

"그리고 그 말은, 추적도 불가능하다는 소리겠군."

"아마 판매한 브로커는 한국인이 아닐 거야. 전 세계의 어떤 사람도 브로커에 대한 정보는 넘기지 않아. 설사 넘긴다고 해도 한국 정부가 처벌 가능하지는 않을 테고."

남상진의 말에 노형진은 입맛을 다셨다.

"그러면 뭐 정보는 없어?"

"정보?"

"상황이 좋지 않아. 진짜 최악으로 갈 수도 있는 상황이야."

"하긴, 나도 내 주변에서 총질하는 건 원하지 않으니까⋯⋯."

브로커 일을 해도 본인은 안전하고 싶은 게 사람이다.

그러니 남상진도 고향인 한국에서 총알이 날아다니는 건 원하지 않을 것이다.

"잠수함."

"뭐?"

"잠수함 거래가 있었다. 최대 열두 명이 탑승할 수 있는 잠수함 두 척이 거래되었다는 이야기가 있더군."

"두 척?"

"그래."

남상진은 품에서 담배를 꺼내 물고는 허공으로 연기를 뿜어냈다.

"너도 알 거야, 갱단이 잠수함을 이용해서 마약을 밀수하는 걸."

"설마!"

"그쪽은 보통 추적이 힘들지."

일반적인 조선소가 아니라 비밀리에 만들어 내는 잠수함이다.

그래서 일반적으로 사람들이 생각하는 잠수함과는 많은 차이가 난다.

소나의 성능도 구리고, 잠항 심도도 30미터 미만이다.

"딱 잠수해서 물건만 옮길 수 있는 수준이지."

"그 물건이 거래되었다고?"

"최종 납품지는 중국. 내가 아는 건 거기까지다."

노형진은 눈을 찌푸렸다.

그러면 상황이 바뀌기 때문이다.

잠수함이 있다면 병력을 빼고 넣기 쉽다.

"반잠수정인가?"

"아니, 완전 잠수."

"더 큰일이군."

완전 잠수정을 잡는 방법은 구축함 등을 통한 감시뿐이다.

그런데 한국의 해경은 그런 능력이 안된다.

설사 된다고 해도, 그 넓은 바다를 언제 다 뒤지고 다닌단 말인가?

"중국에서 구입된 게 마지막이다."

"브로커는…… 중국인이겠군."

"그래."

"글러 먹었군."

중국 정부에서 그 관련 정보를 줄 리가 없다.

"의심스러운 건 없고?"

"고작 총 몇 정이다. 그런 거래를 추적하라고? 너 빵 거래 하는 걸 추적하는 빵 가게 봤냐?"

너무 작은 규모의 거래라 신경도 쓰지 않는다는 이야기다.

"추적해 달라고 하면 안 되겠지?"

"절대."

무기를 추적한다는 건 상대방 브로커를 잡겠다는 의미다.

그리고 그건 브로커들 사이에서 전쟁하자는 거나 마찬가 지다.

"정부에다 해 달라고 해. 국정원이라면 그 정도는 할 테 니."

"시간이 제법 오래 걸리겠지."

노형진은 진지한 얼굴로 말했다.

"어찌 되었건 잠수함이 들어왔다는 건 확실히 심각한 문제 군."

두 척의 잠수함. 그러면 총 스물네 명이 움직일 수 있다는 소리다.

그렇게 몇 번이나 들어갔다 나온다면 한국에 혼란을 일으 킬 만한 병력은 충분히 보충할 수 있다.

'만일 근해까지 배를 타고 와서 다시 들여보냈다면 훨씬 빠르겠지.'

점점 커지는 상황에 노형진은 가슴이 답답해졌다.

노형진이 가지고 온 정보로 대한민국 정부는 난리가 났다.

그렇잖아도 북한 문제로 잠수함이라고 하면 펄쩍 뛰는 게 한국 정부다. 그런데 중국에서 갱단이 조직원들을 잠수함으로 넣는다는 소식은 충격적이다 못해서 공포를 불러일으켰다.

"중국에 항의해야 합니다."

"이미 이야기했습니다. 하지만 각하께서는 가능하면 중국은 자극하지 말라고 하십니다."

"지금 중국을 자극하는 게 문제입니까? 그 잠수함에 인간만 싣고 오겠습니까?"

"그건……."

"무기, 마약, 사람 등 별의별 게 다 들어올 겁니다. 만일 독가스라도 들어오면 어쩔 겁니까?"

"그건……."

"프로파일러 이야기 못 들었어요? 지금 저 새끼들, 한국에 전쟁을 거는 겁니다! 사법 시스템을 붕괴시키고 어둠의 세계를 키워서 그걸 다 먹는 게 그 새끼들의 목적이란 말입니다!"

조디 제퍼슨의 말에 프로파일러 수십 명이 달라붙어서 분석한 결과, 모두 그의 말이 맞다고 인정했다.

"당장 군이라도 동원해야 하는 거 아닙니까!"

"도대체 그 녀석들이 어디에 있는지를 알아야지요."

"한국에 있는 조선족들하고 중국인들을 족쳐 봐요!"

조용히 듣고 있던 노형진은 그들을 진정시켰다.

그들의 마음을 모르는 바는 아니나 그게 악순환이기 때문이다.

"화가 나는 건 알지만 그랬다가는 그놈들에게 진짜 놀아나는 겁니다."

"무슨 개소리야!"

"변호사는 빠져!"

"진짜로 빠질까요? 정보를 가지고 오는 건 제가 유일한 것 같은데."

"크흠."

소리를 질렀던 검사는 순간 말문이 막혔다.

노형진의 말대로 제대로 된 정보를 가지고 온 건 노형진뿐이다.

그가 아니었다면 잠수함은 생각도 못 하고 항구와 공항만 틀어막고 있었을 것이다.

"미안합니다, 노 변호사. 내 대신 사과하지요. 그런데 놀아난다는 게 무슨 뜻입니까?"

검찰총장은 소리를 지른 검사를 살짝 노려보고는 노형진에게 물었다.

"그들은 이미 중국에서 인력을 보충할 수 있습니다. 그런데 놀아난다고요?"

"테러의 기본 전략입니다. 테러범이 원하는 궁극적인 목적은 상대가 대미지를 입는 것이 아닙니다."

"그게 무슨 말도 안 되는 소리야?".

"그럼 뭘 원하는데!"

이해가 되지 않는다는 표정을 짓는 사람들.

하긴, 테러 집단과 싸워 본 적이 없으니 이해가 되지 않을 수밖에.

"미국에 테러를 가한다고 해서 뭐 미국에 어느 정도나 타격을 줄 것 같습니까?"

몇십 명이 죽고 나라에 난리가 나지만, 현실적으로 테러를 통해 얻어 내는 것은 없다.

미국의 쌍둥이 빌딩은 테러로 무너졌지만 그렇다고 해서 미국이 무너진 것은 아니다.

"주요 인원을 암살하는 등의 일도 가능하지만, 반대로 그건 상대방을 자극해서 공격을 더욱 강하게 하는 겁니다."

당장 ISIS가 러시아의 대통령을 암살하겠다고 인터넷에 공개한 후 그들의 근거지는 완전히 가루가 되도록 공격당했다.

그들의 도시 대부분에 어마어마한 폭격이 이루어진 것이다.

"그들이 원하는 건 기본적으로 아군의 보충입니다."

만일 이 상황에서 중국인들을 족치면 어떻게 될까?

"당장 유럽을 보면 답이 나오지요."

"으음……."

"자생적 테러리스트의 발생."

이슬람의 오랜 테러로 인해 유럽은 이슬람 쪽, 특히 중동 쪽 사람들에 대한 분노가 하늘을 찌르고 있다.

당연하게도 그쪽 사람들에 대한 차별이 자연스럽게 이루 어졌다.

"그 결과, 유럽으로 이민 온 이슬람 사람들과 난민들이 분 노하게 되죠."

사람은 자기가 당한 것만 기억하기 마련이다.

그들에게 같은 이슬람 세력이 저지른 잘못은 중요한 게 아 니다.

중요한 건 사람들이 자기를 차별하는 거다.

"차별이 시작되면 그중 극단주의자들이 나오기 마련입니 다."

"으음……."

"지금 당장 ISIS의 주요 병력 중 하나가 그들인 건 부정할 수 없는 사실이지요."

전 세계에서 그들에게 동조하고 학살극에 참가하는 건 그 렇게 자생적으로 발생한 테러범들이다.

"아까 조선족을 족치자고 하셨지요? 그러면 그들이 뭐라 고 생각하겠습니까? 한국 사람들의 분노가 이해가 된다, 그러니 우리가 참자? 아니면 한국 놈들이 우리를 무시하고 괴롭힌다? 그렇잖아도 중국이 대국이라고 생각해서 한국을 무시하는 감정을 가슴속에 품고 있는 사람들이?"

"……."

"잠수함. 네, 잠수함 이야기가 나왔으니까 말해 볼까요? 잠수함에 열두 명이 탈 수 있다고 했지요? 그러면 거기에 무장을 얼마나 실을 수 있을까요?"

"그건……."

"못해도 백 명 이상분의 무장을 실을 수 있겠지요. 한국에 있는 중국인이 몇 명이던가요?"

얼굴이 헬쑥해지는 사람들.

"그들이 갱단이라는 구조를 유지하는 동안 군이 손대는 데에는 한계가 있습니다. 물론 군을 동원할 수는 있겠지요. 그러면 한국에 경제적 타격이 오지 않을까요?"

군을 동원하는 순간 중국이 격하게 난리 칠 건 당연한 일이다.

그리고 한국에 있는 중국인들이 반기를 들 것도 당연한 일.

"일이 그렇게 되면 그때부터는 갱단 소탕이 아니라 내전입니다."

"내전!"

"일이 그 지경이 되었는데 중국이 한국에 있는 반군에게 무기 공급을 하지 않을 것 같습니까?”

“하지만…… 그랬다가는 미국이 가만히 있겠습니까?”

“물론 상호방위조약이 있기는 하지요.”

노형진은 고개를 끄덕거렸다.

상호방위조약.

다른 나라가 한국을 공격하면 미국이 도와준다는 근거가 되는 조약.

“하지만 이건 내전입니다.”

한국 내에 있는 세력이 한국 정부를 도와서 일으키는 전쟁.

“미국 정부가 돕기는 애매해지지요.”

만일 미국이 한국을 도와서 반군 제압을 시작하면?

그때는 자국민 보호를 이유로 중국도 끼어들 핑계가 된다.

“과연 내전에서 미국 정부가 우리를 도와줄까요?”

물론 도와주기는 할 것이다.

하지만 병력 파견 같은 건 못 한다. 정보만으로 도와준다.

“그렇게 역전당하는 겁니다.”

“설마…… 그렇게까지…….”

“베트남이 이렇게 당한 겁니다.”

“헙!”

유일하게 미국이 진 전쟁, 베트남전.

그 이야기가 나오자 다들 진중한 얼굴이 되었다.

지금 벌어지는 사건이 얼마나 크게 확대될 가능성이 있는지 알아차린 것이다.

"중요한 건 그들을 제압하는 겁니다. 그들이 한국 내에서 완벽하게 세력화하기 전에요."

"하지만 그들을 추적할 방법이 없지 않습니까?"

"태양으로 들어온 돈은요?"

"이미 확인해 봤습니다. 그 돈은 추적이 불가능합니다."

노형진은 입술을 깨물었다.

"그러면 방법은 하나뿐이군요."

"방법이 있다고요?"

눈을 크게 뜨는 사람들.

"아무래도…… 잠수함을 하나 사야겠습니다."

⚖

노형진은 남상진을 통해 잠수함을 만드는 사람들과 접촉을 시도했다.

그건 어렵지 않았다.

불법적으로 잠수함을 만드는 사람들은 많지 않았기에, 돈만 준다면 어디에 쓰려고 하는지 묻지 않았기 때문이다.

"황당하군. 이렇게 당당하게 활동할 줄은 몰랐는데?"

"뭐, 잠수함을 납땜질로 만들 수는 없잖아."

어깨를 으쓱하는 남상진.

노형진은 이렇게 대놓고 비밀 잠수함을 만들어 주는 곳을 보고 혀를 내둘렀다.

'하긴, 그건 그러네. 잠수함을 제대로 만들려면 아무리 그래도 제대로 된 도크가 필요하지.'

잠수함을 만들어 주는 곳은 다름 아닌 쿠바였다.

미국과 사이가 좋지 않고 전 세계적으로 고립된 나라.

그런 나라에서 잠수함을 만들어서 파니 쉽게 잡을 수 있을 리가 없었다.

"반갑습니다, 미스터 남. 이야기는 들었습니다. 조용한 놈으로 원하신다고요?"

"큰 거래를 하고 싶어 하는 분이 계시거든요."

"이쪽은?"

"거래자를 대신해서 나오신 분입니다."

"으음……."

이상하다는 표정으로 바라보는 남자.

"왜 그러십니까?"

"아니, 사실 동양 쪽은 잠수함 주문이 드물거든요. 보통 남미 쪽에서 많이 들어옵니다만."

"하하, 아시아에는 전 세계적인 경제 강국이 많습니다. 몰라서 주문하지 않을 뿐이지 안다면 손님은 많지요."

남상진의 말에 남자는 고개를 끄덕거렸다.

"그건 그렇지요. 뭐, 아주 주문이 안 들어오는 건 아니니까요."

그는 자신 있게 남상진과 노형진을 데리고 안쪽으로 들어갔다.

"원하시는 놈은 대략 40억 정도 됩니다. 성능을 좀 낮추면 가격도 낮출 수 있습니다만."

"그건 안 됩니다. 절대적으로 안전이 최우선입니다. 정숙성을 높일 수 있다면 돈을 더 드릴 수도 있습니다."

남자는 잠깐 고민하는 눈치가 되었다.

"배터리를 중국산이 아니라 다른 나라 제품으로 바꾸면 좀 더 오래갈 수 있습니다. 하지만 가격이……."

"얼마나 오릅니까?"

"한 10억 정도 오릅니다."

"그럼 그렇게 하지요. 현금으로 지불하겠습니다."

노형진의 결정에 남자의 입가에 미소가 떠올랐다.

그만큼 돈을 더 번다는 걸 의미하니까.

동시에 조금이나마 남아 있는 의심의 그림자도 사라졌다.

현금으로 이렇게 돈을 주면서 자신을 속일 거라고 생각하지는 않았으니까.

"그러면 용도를 알려 주실 수 있습니까?"

"그걸 알 필요가 있나요?"

노형진은 짜증이 난다는 표정으로 말했고, 남자는 입맛을 다셨다.

하긴, 대부분의 사람들이 이런 말을 할 때마다 짜증부터
낸다.

불법적인 목적으로 쓴다는 건 뻔한 일이니까.

"대략적인 목적을 알아야 적재 시스템을 설계하니까요. 물
건을 나르는 용으로 쓰실 건지, 아니면 사람이 탈 건지……."

"다목적으로 쓸 생각입니다."

"다목적이라……. 뭐, 대충 무슨 뜻인지 알겠습니다. 설계
도는 조만간 보내 드리지요."

노형진은 고개를 끄덕거렸다.

몇 가지 이야기하면서 대략적인 방향을 알아들은 노형진
은 일어나서 그에게 악수를 청했다.

"얼마나 걸릴까요?"

"한 10개월에서 1년 잡으셔야 합니다. 다른 놈들보다 성능
이 더 좋은 걸 원하시니 어쩔 수 없지요."

"좀 서두를 수는 없나요?"

"급하신가 보군요."

"네, 좀……."

"그러면……."

그는 잠깐 고민하다가 살짝 목소리를 낮췄다.

"이미 거의 완성 단계에 들어간 물건이 있습니다. 배터리
만 넣으면 되는 수준이기는 한데, 아무래도 주문하신 것보다

는 좀 작습니다."

"완성 단계라고요?"

"네. 그런데 저쪽에서 수령해 갈 수 있을지가 불확실해서요."

원래는 브라질 쪽 갱단의 주문이었는데 얼마 전 다른 갱단과 전쟁에 들어가서 자금을 제대로 주지 않고 있었다.

그래서 거의 만들기는 했는데 제작이 중지된 상황.

"좀 작아도 상관없습니다. 부탁드립니다. 무조건 정숙성이 중요합니다."

"걱정 마십시오. 우리는 프로입니다."

노형진과 악수하면서 자신 있게 말하는 남자.

하긴, 현금으로 50억이 바로 들어왔으니 기분이 좋지 않을 리가 없다.

그리고 노형진이 노리는 타이밍이 바로 이 순간이었다.

"그런데 말입니다."

"네, 말씀하십시오."

"아까 아시아에서도 드물지만 잠수함 주문이 들어오긴 한다고 하셨지요?"

"그렇습니다."

"누가 주문한 건지 알 수 있을까요?"

"네? 그건 왜요?"

"혹시나 라이벌이 움직였나 해서요."

"아, 그게 좀……. 죄송합니다만, 이쪽 바닥에서는 비밀

엄수가 룰이라서요."

"그래요? 알겠습니다. 그러면 우리 것도 새어 나가지 않겠
군요."

"아하! 그게 궁금하셨던 거군요. 걱정하지 마십시오. 우리
는 완벽하게 처리해 드립니다."

남자는 자신 있게 말했고 노형진은 씩 웃었다.

그렇게 마지막 인사를 마치고 나온 노형진은 조용히 자신
의 차에 올라타면서 어디론가 전화를 걸었다.

"로버트? 계좌 하나만 털어 주시기 바랍니다. 네. 가능하
면 빠르게요."

계좌를 터는 것은 어렵지 않았다.

기억을 읽는다는 것은 상대방이 이야기하는 것과 좀 다르
다.

상대방은 스쳐 지나가듯 봐서 기억을 못 한다고 할지라도,
사이코메트리는 그 순간을 읽어 낼 수 있다.

그래서 아주 사소한 거라도 지나가면서 읽어 낼 수 있다.

노형진은 잠수함을 만들어 내는 남자의 기억을 읽어 냈고,
그 안에서 비밀 스위스 계좌의 번호를 찾아낼 수 있었다.

물론 스위스 계좌가 비밀이 많은 것은 사실이고 어지간하

면 그 내부 정보를 얻어 낼 수는 없다.

하지만 마이스터는 어지간한이라는 말로는 부족한 수준의 기업이고, 그걸 빼내는 것도 아니고 관련 증거를 주는 거라면 어느 정도는 가능했다.

명의 자체는 알려 주지 않았지만 그 자금이 어디에서 오는지 추정하는 건 어렵지 않았다.

그리고 정보가 입수되었을 때 노형진은 진짜 당황할 수밖에 없었다.

"이거…… 아무리 봐도 성화의 비자금인데요?"

"아니, 여기서 갑자기 성화가 왜 나옵니까?"

성화는 이미 사라진 기업이고 관련자들은 모두 감옥에 가 있다.

"그게…… 저도 이상합니다. 하지만 자금의 흐름을 봐서는 아무래도 이건 성화의 비자금으로 볼 수밖에 없습니다. 그것도 아주 오래된."

"성화의 비자금이 아직까지 있다니, 허."

물론 부자는 망해도 삼대를 간다고 했다.

한국의 대기업이었던 성화이니, 무너졌다 해도 빼돌린 돈이 없을 거라 생각하기는 힘들다.

"그런데 왜 갑자기 그 자금이 한국을 공격한단 말입니까?"

"그게 말이 안 됩니다. 성화 관련자들은 모두 감옥에 있는 걸로 알고 있는데."

"그러니까요. 모두 감옥에 있다고 알고 있는……."

말하던 노형진은 아차 싶었다.

딱 두 명이 감옥에 가지 않았다.

유민택을 속였던 김화자.

그녀는 일본으로 시집갈 뻔했다가 성화가 사라지면서 용도가 없어지자 사라졌다.

그리고 그 후에 누구도 그녀에게 신경 쓰지 않았다.

힘이 사라진 재벌의 인생은 뻔하기에.

그리고 김두만.

그는 성화가 사라지는 그때에 있지도 않은 소말리아 지부로 쫓겨난 상태에서 중국으로 튀었기 때문에 체포당하지 않았다.

소환이 떨어졌지만 그 이후에 지금까지 흔적도 못 잡고 있었다.

"이런……."

왜 이런 일이 벌어졌는지 노형진은 고민이 많았다.

아무리 그가 세상을 많이 바꿨다지만 이렇게 한국에 내전이 벌어질 정도의 일이라고 보기는 힘들었다.

그런데 그 비어 있는 고리가 드러났고, 노형진은 폭풍의 한가운데로 다시 끌려들어 갈 수밖에 없었다.

다음 권으로 이어집니다

공작가 장남은 군대로 가출한다

로튼애플 퓨전 판타지 장편소설

산보 신무협 장편소설

무림세가 전생랭커